KB184234

# 엘리야의 기도

# 엘리야의 기도

저자 이애리자

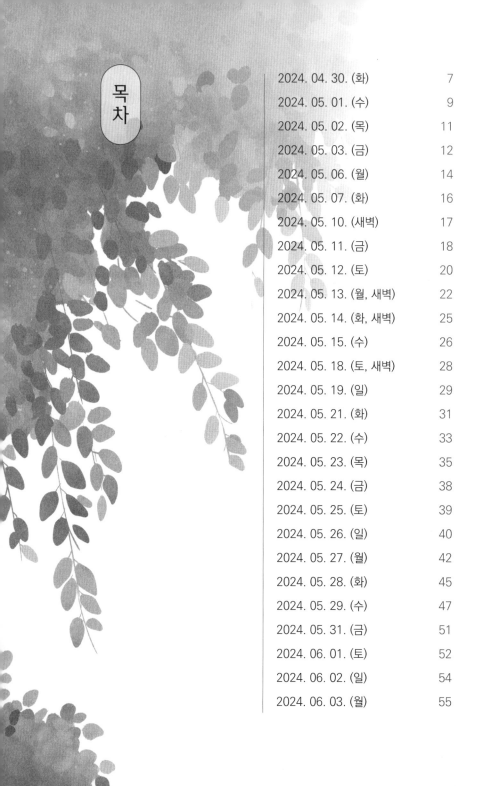

# 목차

매 순간 하루를 산다는 건 감사입니다.

하나님 주신 하루하루가 선물입니다.

세상은 온통 절망과 소망의 헛된 것을 쫓지만 하나님 주신 하루를 시작하는 믿는 자에게 복입니다. 그런데 그런 사람 만나기도 쉽지 않고 조심조심입니다.

인간의 절제와 그 속에 사랑은 참으로 귀하고 존귀합니다. 하나님 인간은 늘 의심하고 방어하며 자신만을 위해 사는 사람이 너무너무 많습니다.

이해관계 아니면 진짜 속사람이 아름다운 사람 너무 없고 세상 사람들보다 이해타산적이고 자신의 유익을 위해 신앙생활 하는 사람도 너무 많아 믿는 자들을 시험에 들게 하는 사람도 있습니다.

목사라 하여 사모라 하여 깨어 있지 않으면 악은 마귀는 그렇게 두루 돌아다니며 믿는 자들을 넘어뜨리려 합니다.

그럼에도 하나님은 오늘도 침묵 속에 언어로 다 지켜보고 계시고 모든 인류의 죄를 대속하신 예수그리스도의 이름을 위하여 길이길이 참으므로 기다리고 세상을 향해 기근과 전쟁과 이상기후와 개인의 삶 속에 그렇게 공평한 심판하여도 듣지도 도무지 알지도 못하는 인간의 무지를 깨우시며 부르시는 음성을 주여 듣지도 않으며 오히려 아니 계시다, 주의 심판을 두려워하지도 않는 세상에 오로지 주를 다시 오실 심판하실 빛이요 진리요 생명이신 하나님 외아들 예수께서 오시어야만 끝나요 하나님 이제 곧 그때가 다 되었습니다.

당신의 진짜 사랑하는 양들을 위하여 보호하시고 신실한 신앙의 반석 위에 세운 당신의 양들을 위해 기억하소서. 아멘.

예수를 믿는다 하고 믿지 않는 자보다 못한 인간은 정말 최악입니다. 구제의 길이 없습니다. 그들은 교만하며 자신이 하나님처럼 대접받기를 원하는 최악의 위선자요 패악한 자들입니다.

그들은 목회자든 성도든 장로든 다 상관없습니다.

다 심판받을 겁니다.

그들은 목이 곧으며 아첨하면 같이 피를 흘리자는 자들입니다. 선한 양들을 속이는 자들입니다. 패악하며 겉으로는 선하여 보여도 속은 믿지 않는 자들보다 패악하며 노동을 착취하고 전대를 숨기는 자들입니다.

이들로부터 나를 건지시고 주께로 피하여 피난처 되사, 나를 보호하시고 안전하게 하시는 주여, 오늘 하루도 주께로 숨나이다.

주여 나를 이들 가운데서 건지시고 다시는 이 같은 패악한 자들과 인연이 없게 하소서. 아멘.

하나님 믿는다 하여 사랑이라는 존귀한 것을 밑밥 깔고 낚시질하는 인간, 그리고 거기에 낚여 평생 속는 불쌍한 인생이었습니다. 거기서 날 건지신 이가 오직 예수님 직접 하신 일이십니다.

하나님 그렇게 평생 가짜 사랑의 갑질하는 가짜들을 다 심판하시길 간절히 기도합니다. 주님이 다 하셔야 합니다. 오직 주만이 전능하신 하나님 아빠이십니다. 샬롬, 아멘, 할렐루야. 찬송합니다.

밤에 ○○이 꿈을 꾸었습니다. 오늘은 그가 쉬는 날입니다.

너무너무 보고 싶습니다. 정말 보고파 안아 보고 싶은 사람입니다.

무엇을 하든지 주 안에 모든 것이 건강하고 행복했으면 좋겠습니다.

나의 사랑 우리 ○○이 아프지 않기를.

사랑합니다. 축복합니다.

하나님, 미국은 트럼프가 대통령이 될 것 같네요. 뜻이 그러신 것 같아요. 가자 전쟁 반대 시위가 대학가에서 있었다는 트럼프는 미국의 시민들 학생들 가지고 시위를 등 위 업고 대통령 당선이 되나요? 그리고 우리나라는 방위비 합의 전에 전쟁이 나나요? 윤석열은 대통령 하겠다고 자리 지키겠다고 전쟁 불사할 거고, 우리나라 이스라엘 도움으로 전쟁 이기고 통일로 가는 주님의 제발 교회가 삼일만일 지어져야 그래야 대한민국 삽니다.

하나님 이제 전 세계는 전쟁과 기근과 전염병으로 다 죽을 거예요. 그 속에서 대한민국 전쟁에서 살아남은 진짜 그리스도인들을 통해 나라가 재건되어야 합니다. 하나님 그래서 온 세계가 망하여 세계가 적그리스도 나타나 로봇이 다스려도 내 나라 대한민국은 건지시고 부러워하는 제2의 대한민국이 부활하면 그때는 주여 오소서, 오소서.

세상은 이제 희망이 없어요. 대한민국, 이스라엘과 세계에 흩어진 그리스도인들밖에는 다 환란을 피할 수 없어요. 하나님, 제가 그동안 생각한 것, 수많은 거짓과 핍박에서 건지신 주 안에 감히 깨달은 것입니다.

12

이것이 정녕 주님이 오실 마지막 때 주신 이 시나리오가 맞습니까? 주여, 대한민국 어떻게, 주여 말씀만 하소서. 주님 나는 이제 대한민국에 뿌리신 씨앗을 보고 싶습니다.

저에게 그동안 행하신 27살부터 61살 지금까지 역사하시고 제 인생에 보이신 모든 진리를 선포하시고 정말 주님 오시는 날 주 앞에 온전케 하소서. 저는 주께로 가야겠습니다. 주님의 뜻을 행하고 보응하시는 그날 부디 불쌍하고 불쌍한 이 죄인을 버리지만 마소서. 진실로 저는 주 앞에 큰 죄인이나 사람 앞에는 더 이상 죄인 아닙니다. 사람에게는 죄지은 것 다 갚았습니다. 아멘.

하나님 감사합니다. 오늘도 하루가 다시 못 올 하루가 오전 11시가 훌쩍 넘었어요.

○○이한테 소식 연락은 정말 올까요?

내 사랑 나의 사랑 ○○. 가려고 했는데 오늘이 연휴라네요. 가다가 돌아왔어요.

세상은 너무너무 혼란과 전쟁으로 가고 이상기후 매일매일 그저 불안합니다. 그럼에도 그렇게 하루가 감사입니다. 살아있으매 먹을 것과 입을 것과 따뜻한 집과 좋은 친구들을 만날 수 있는 예수님 믿는 특권으로 산다는 기쁨으로 감사입니다.

우리나라도 곧입니다. 이 환란에서 건지소서. 아멘.


오늘은 주여, 하루 종일 놀고먹고, 먹고놀다 오후가 되었습니다. 근데 왠지 불안한 건 왠지 모르겠어요. 하루가 속절없이 갔어요. 세상의 고민도 아닌데 막연한 불안이 그저 답답합니다.

저는 생각은 죄를 소원을 낳는 것 같습니다. 역시 노동은 신성합니다. 하나님 주를 위해 바빠야 합니다. 할 일 없는 건 게으릅니다. 그리고 맘도 몸도 지갑도 가난해집니다. 하나님, 하루 종일 스마트폰 봤습니다. 아무리 좋은 것도 적당해야 유익합니다. 하나님 아버지 인간의 진짜 행복은 주의 율법과 함께 완성하신 주 예수그리스도 사랑만이 가능합니다. 나의 모든 육체의 노동도, 정신적 노동도 주께서 주신 사랑에 실천으로 화답하기를 원하나이다. 모든 자연은 다 주의 것이며 자연의 일부인 인간은 더더욱 그렇습니다. 하나님 나의 모든 기도를 들으시며 들어주실 것을 응답하시고 침묵하실 것을 침묵하시는 주님께 모든 것 감사합니다.

세상은 다 헛됨입니다.

사랑하는 하나님, 오늘은 드디어 ○○에게 침을 맞고 왔어요. 너무너무 소중한 내 사랑. 우리 ○○이 너무 보고 싶고 그리워 갔습니다.

○○이가 정성껏 침을 놔 주었어요. 사랑하는 우리 ○○이가 많이 힘들 텐데, 오늘 비가 오는데 사랑하는 환자들을 위해 나 같은 환자들을 위해 날마다 날마다 수고하고 있어요.

그 사람은 입으로 예수 사랑하는 사람 아니에요. 온몸으로 하는 정말 착한, 좋은 사람이에요. 하루하루를 촛불 켜듯 빛을 내는 사람이에요.

하나님, 어떻게 사랑을 안 할까요. 저를 늘 구해 주는, 항상 제가 절망할 때 생각나는 그런 사람이에요. 서로서로 침묵으로도 통하는 소중하고 소중한 내 사랑입니다.

하나님, 하나님. 지금도 눈멀도록 그립고 그리운 사람이네요. 그 사람 힘들다는 현실이 얼마나 버거울지 생각 못 하고 그저 그의 사랑 확인하고 싶고 힘든 거 제공한 거 같아 너무너무 미안한 사람이고 그 사람 정말 행복하고 행복했으면. 그리고 그 사람 내 사람 되기를, 단 하루라도 그렇게 내가 사랑 주고픈 그런 사람입니다.

하나님, 정말 도와주시고 그와 나를 불쌍히 여기시길 기도합니다.

아멘.

하나님, 어두움의 삼 일은 무엇입니까.

주여, 주여, 백두산 폭발. 용암 분출.

서울. 오키나와. 일본.

여호와 나의 주의 백성을 부르실 때 나를 기억하시고 보응하소서. 나의 원수들을 멸하시고 악을 멸하소서. 예루살렘에 있는 백성은 다 구하소서.

주의 백성이 다 주께로 모일지어다. 주의 백성이 일어날지어다.

기도하고 기도할 때에 들으심이여 나의 구원이시오니 내가 주께 구하나이다. 나를 주께로 숨기소서 하나님이여. 나의 죄를 멸하심같이 깨끗하게 하시나니 주의 백성을 구원하소서. 주의 백성은 일어나 회개하여 구원을 얻을지어다. 하늘의 빛이여 날마다 주의 백성에게 비치고 주의 날이 곧 임할지어다.

모든 찬송이 주께로 올리고 울리는 나팔도 불지어다. 이제 곧 임할 때 주의 날이 임하리니 나는 주의 날에 구원하심이 영원함이로다. 찬송할지어다. 외치리로다. 아멘, 할렐루야.

주야로 어두움이 임하여 심판이 임하리로다.

여호와는 살아 계심으로 찬송할지어다. 전능하신 나의 주여 구원을 베푸시도다. 노래할지어다. 곧 임하리이다. 하늘은 열리며 천군 천사로 나팔 불 때 주에 오시므로 나는 주를 찬송함입니다.

그때는 삼 일을 주야로 베푸실 은혜로 주실 천사로 지켜 주소서.

군사는 일어날지어다. 오 주여, 주는 살아 계신 주의 전능하신 왕이요 생명이요 진리이신 만군의 주시니 주께서 나를 부르심이여 내가 주께서 임하실 때 기억하셨음이로다. 아멘.

하나님, 나의 하나님. 오늘도 하루가 다 가고 저녁이 되었습니다. 인생에 허무한 것도 주께서는 다 값진 보물로 바꾸셨습니다.

저는 참으로 부지런히 쉬지 않고 살았습니다.

젊어서 정신적 싸움으로 살고 요즘은 주의 사랑으로 주신 하루에 값진 노동으로 삽니다.

하나님, 이것은 참으로 놀라운 변화입니다. 제가 주 앞에 온전케 된 증거입니다.

하나님, 세상은 너무나 바쁩니다. 죄짓는 데 가는 길로 너무너무 바쁩니다. 그런데 다 모르고 하는 사람도 있지만 알고 미혹하는 인간도 있습니다. 그들은 어떻게 하면 한 영혼이라도 죽일까 생각하는 악인들입니다.

이제 곧 전쟁과 기근과 기상이변으로 난리가 나도 저들은 조롱거리로 삼을 겁니다. 이 환란 때, 주여 나를 그저 긍휼과 자비로 불쌍히 여기사 이 환란에서 건지소서.

세상은 전쟁을 예견해도 화산 폭발을 말해도 기상이변이 나도 듣지 않습니다. 저들은 삼 일의 어두움이 임하여도 그럴 겁니다.

하나님, 듣는 자들을 저와 함께하게 하소서. 세상은 그 길이 어리석다 조롱하여도 듣는 자는 노아의 방주에 깃들인 사람들처럼 듣는 자들을 모아 주소서.

하나님, 하나님. 기도하고 깨어 있어야 합니다. 저의 눈과 귀를 열어 주소서. 나를 주께 접붙인바 예수께서 저를 보호하시고 살피사 기억하사 환란을 면케 하시길 간절히 기도합니다.

이제 곧 그 환란에서 감히 누가 주 앞에 서리오마는, 나와 함께하는 주의 백성을 긍휼히 여기시고 살피시고 도와주소서, 구원하소서. 아멘, 영광 할렐루야.

꿈에 어떤 여자아이가 지나가는 사람이 배가 고파서 지나치지 못하고 불러 빵을 주는데, 나갔던 가족이 와서 생각 잘 안 나고 조금 있다가 시츄 강아지가 들어오는데 밥을 주는데 마당에 육개장이 널브러져 있어 깨었다.

하나님, 이 무슨 꿈인지요. 자다 깨어 심히 걱정입니다. 하나님, 도와주소서, 도와주소서. 아멘.

하나님, 참 나는 사랑받기 마땅한 사람이 아닙니다. 죄인 중 상죄인인데 주께서 나를 사랑하사 복을 주사 구원하사 오늘도 전에도 장차에 모든 불의와 죄에서 율법 아래 두사 건지셨음입니다.

세상은 듣는 자도 없으며 사랑의 율례의 구주 예수로 섬기며 사랑하는 자가 없으며 진실로 하나도 없으매 의인은 없으며 하나도 없음은 다 주 앞에 죄인이라 진리와 함께 주께서 긍휼하므로 건지사 그 죄를 씻어야 하나 회개치 않음은 주께서 그 죄를 물으시나니, 다 심판 아래 있음이니라. 하나님은 살아 계신 알파와 오메가니 시작이요 끝이라, 영원하시니라.

하나님께서 곧 예수로 말미암아 심판하심이라. 나는 주여 그저 불쌍히 긍휼히 여기사 이날에 나를 구원하소서. 나의 죄를 씻으사 깨끗게 하시길 간절히 구하나이다. 아멘.

오늘은 아침에 집을 나서 안과 갔다가 리마인드 병원 상담하고 약 타고 전철 타고 와서 밥 먹고 계란 사고 택시 타고 집에 오니 한나절이 다 가고, 하루가 다 가네요.

하나님, 사람들은 너무나 패악하고 완악하여 주의 백성들을 참으로 조롱했으며 핍박하며 정신병자를 만들고 아니면 귀신 들렸다 하여 구마기도 하여 죽을 뻔, 저도 그렇게 당하여도 그 악이 회개치 않으며 그들은 곧 오실 주에 대한 오심을 믿지도 않으며 오히려 근심하여도 제 갈 길로 가는 사람들입니다.

하나님, 나의 하나님, 어둠의 삼 일은 곧 주의 강림의 심판과 같으며 구름에 용이 솟아올라 불바다가 될 것입니다.

그날에는 온 인류의 인구 절반도 살기가 어려우며, 먹을 것과 입을 것 다 부족하며 물과 기름과 다 타신 재와 같이 되나이다.

주여, 그날에 그 환란 날에 주께서 주의 종을 세우사 저에게 주신 이 모든 기록과 함께 기억하시고 구원하사 환란을 면케 하시고 이 나라에 양 떼들을 구원하사 십자가에 죽으신 예수의 보혈이 강같이 흘러 건지시고 편안케 하시며 모세가 광야에서 가나안과 젖과 꿀이 흐르는 시온 산에 깃들인 일과 같이 보호하시며, 주께서 심판하실 때 저들의 기도를 기억하사 살리소서. 아멘.

교회는 다 흩으실 때 참으로 망하는 성전의 휘장이 찢기듯 심판받을 겁니다. 나는 주의 백성이 열망으로 모일 그때에 주님은 각 교회에 전하는 기사와 이적이 있으리니, 그날에는 바로 왕과 같이 거짓 예언자와 선지자들을 그 입의 혀로 주의 백성을 흐리며 미혹하여 간교한 뱀과 같으리니 화 있을진저, 하나님, 그때는 다 그러하리라. 아멘.

하나님, 만왕의 왕 백두산 화산 폭발 말씀하셨습니다. 주여, 이거 맞나요. 이제 보니 혼란입니다.

새벽에 꿈에는 옷이 행거에 걸린 행사장 같은 데서 반팔 티와 반바지를 샀는데 종업원 돈을 거슬러 주고 꿈에서 깨었다.

조금 전에는 낮잠을 잤는데 꿈에 무슨 일로 냉장고에 먹을 것을 들고 어느 노인 여자에게 면접을 보는데 기다리다 나는 건물 벽에 매달렸다가 여자 노인이 오자 건물 위로 떨어질 뻔한 몸을 옥상으로 올려 아무 일 없었다는 듯 면접을 보려다 깨었다.

날씨가 갑자기 안 좋아져요. 전 세계 우리나라 뉴스는 검찰총장 패싱 인사로, 라인 야후 사태로 시끌시끌한데, 하나님 이 환란을 어찌 보고 계시는지요.

대한민국 전쟁 정말 임박인데, 착한 백성은 어떻게… 주여 긍휼히 여기시고 도와주세요. 저는 자꾸만 윤 정권 향한 분노로 내 영혼 깊이 상하고 피가 거꾸로 솟는 것 같아 심히 죽게 되었나이다.

나라를 일본과 개인에 영달을 위해 팔아먹은 윤석열 정부는 어디까지 가야 멈출지 참으로 그 노략질을 멈출 기미가 없어요. 마치 바로왕이 이스라엘 모세가 주의 앞에 그 백성을 인도할 때 어찌 그리 똑같은지 그 장자가 죽어 바다 홍해가 갈라질 때 군사를 보낸 그 바로처럼 전

26

쟁으로 가야 끝날 것 같습니다.

그 패악의 끝이 참으로 비참하고 비참하여야 합니다.

나의 하나님, 전쟁이 이 나라를 살립니다.

온통 어두움으로 깜깜한 소식뿐입니다.

주여, 자비를 베푸시고 이 나라 내 조국을 건지소서. 나는 주바라기, 주로 인해 사는 것을 아시나이다. 주의 날이 도적같이 임하고 세상은 곧 주를 뵈올 겁니다.

주님, 나의 구원이 주 안에 있나이다. 살리소서. 나의 하나님, 제가 주로 말미암아 세상에 나와 오늘도 이제부터 영원히 나의 모든 것, 살아 계신 나의 하나님 나의 주님 주신 복입니다.

하나님, 오늘 내수성결교회 갔었어요. 정말 성령의 인도하신 주일로 너무너무 행복합니다.

정병구 목사님 귀한 말씀 성령의 도우시는 진짜 기도도 받았습니다. 정말 귀인입니다. 고마운 분입니다. 감사합니다.

좋은 목회자 내외분을 만나 정말 진심 행복합니다. 어떻게 저 같은 사람을 이 소중한 교회로 인도하셨는지 그저 감사합니다.

하나님, 내 인생 최고의 거룩한 주일로 주신 은혜에 감사합니다.

하나님, 나는 주님의 공생애 구주로 구원하심은 성령 안에 고백으로 시작된 모든 인생을 주께 감사드립니다. 이 소중한 교회에 주의 영광이 영원하기를 기도드립니다. 아멘.

<길>

산다는 게 버거워도 갑니다

알고도 모르고도 갑니다

그저 그저 그렇게

뚝뚝 눈물 흘려도 갑니다

아마 산다는 건

그런 것

누가 감히 막을 수

없는 그 길이

주어진 그 길이

임 가신 그 길이기에

갑니다.

오늘도 또 하루가 주 안에 갑니다.

내 맘은 원이로되 육신이 정말 약합니다.

생사화복을 주관하시는 주님, 오늘의 모든 일정을 주 안에 축복하시옵소서. 나의 일과는 냉장고 청소 말고 대충 거의 다 했어요.

이제 곧 주님이 주신 내 착한 주의 종이 올 겁니다. 누구든지 꼭 중요한 귀인을 보내주소서. 나는 그에게 순종하며 배울 겁니다.

서로서로가 그렇게 주 안에 감사로, 주여, 사랑합니다.

어서 일꾼을 보내주소서. 아멘.


회색빛 도시에 네온사인은

전 산을 먹었습니다

사시사철 이슬 머금은

온화한 내 어머니 같은

가슴을 헤집어 버린

패륜으로 무덤입니다.

산에도 바다도 그저 산이 무너지고

일렁이는 파도는 이제 그렇게 도시를

향하고 쏟아지는

폭우와 일렁이는 파도가

그저 침묵할 수 없어

도시를 삼키고

무너지고 피는

네온 빛 사인은

독사 빛 화려한 외출로

돌아올 줄 모르는

창녀가 되었습니다.

간밤에 참으로 무슨 영문도 모르는 일이 있었는지, 아침 새벽에 연합뉴스, MBC뉴스 보고 진짜 놀랐습니다.

 하나님, 윤통이 나라의 언론을 이제 통째로 먹은 것 같습니다. 유튜브 어제 많은 의로운 일로 검찰에 조직적으로 다 소환했고, 오늘은 이재명 대표 부인 김혜경 여사도 줄줄이 소환이고, 문재인 부인 김정숙까지 정치계에 피바람이 부는데 이걸 하나님 아니고는 해법이 없습니다.

 나라의 민심은 너무나 초라한 길 잃은 어미 잃은 백성의 눈물과 분노는 참으로 개탄스럽고 절망입니다. 지금 정부는 두 사람 살겠다고 나라를, 국민을 다 팔아먹고도 큰소리치고 국민과 싸우겠답니다. 날마다, 날마다, 세금은 내어도 대통령 줄줄이 써 대는 나랏돈이 이제는 경제가 완전 빚더미인데 교회 일부 성도나 목사는 본인들의 안전만 위하는 진짜 잔당 패거리 카르텔로 20% 지지자들은 배불러 해외여행 다닙니다.

 하나님, 이젠 저도 두렵고 떨리고 그저 무서운 대환란 겪을지….

 주여, 불안한 일상입니다. 나라가 이제 얼마나 많은 백성이 희생되어야 할지, 기가 막힌 현실은 하루하루 사는 눈물의 무탈함에 드리는 감사뿐, 너무너무 하나님 죄송하고 능력이 없습니다. 참으로 연약한 백성입니다. 이 백성이 주여, 어떻게 해야 옳습니까?

주여, 궁여지책으로 감히 여쭈는데 주여, 어느 때까지 허락하시나이까? 너무나 많은 희생이 있어도 두 눈 하나 깜짝 않는 윤건희 부부의 패악이 한숨만 나옵니다. 하나님이여 이 일이 어느 때까지입니까? 2024. 05. 27. 맞습니까?

제발 이 나라를 불쌍히 여기시고 환란을 허락하소서. 저는 아는 것이 그저 아무것도 없습니다.

하나님 도우소서, 살리소서. 아멘.

하나님은 언제나 부족한 저를 알고 계십니다.

오늘부로 ○○한의원 끝났습니다. 그 사람은 그냥 여기까지 다 했습니다. 더 이상 한계입니다. 저에게 어떻게 그렇게 많은 돈을, 육천육백 원 때로는 만 원 넘는 진료비를 받으면서 그렇게 침만 놓고 편지 다 씹었을까요. 저는 이제 모릅니다. 순수한 맘으로 행한 것에 대해 왜 그리 나를 호구 취급하며 차라리 오지 말라 솔직히 말할 것이지, 오늘 세교 □□한의원 옮기고 보니 더더욱 화가 납니다.

엄마 가셨을 때 그렇게 친절하게 괜찮냐 병원 데려가 준 게 고마워 약 지어 먹고 세 번이나 이십만 원짜리 3년 침 맞고 정성을 그만큼 들여 기도해 주었는데, 단 한 번도 나를 진심으로 대했다면 나는 교회 옮기듯 병원 안 옮겼다. 더 이상 내 사랑은 사랑이고 부당한 대우는 대우입니다. 어떻게 침만 넣고 육천육백 원씩 받았을까요. 오늘 간 병원은 오천 원인데. 너무 비교가 됩니다.

그렇게 내가 한 행동이 부담되면 된다, 사람 진심을 모독하지는 말았어야 됩니다. 너무너무 분노와 내가 한 모든 게 그렇게 그의 돈 벌어주는 기계요, VIP 고객 대접도 못 받고 호구가 되었습니다. 이제 새로

다니는 한의원에서는 잘 치료받고 이 마음 서로 변치 않는 환자와 의사로 잘 지냈으면 좋겠습니다. 하나님 감사합니다. 인간은 사랑을 주면 받을 줄 아는 인간보다 고마운 줄도 모르는 받을 자격 없어요. 너무너무 분합니다.

<임>

거리에 돋아난 새순

피지도 못하고

임이 가셨습니다.

사시사철

그렇게 꼭다문

소리 침묵으로

6月 거센 침묵

임은 뜨거운 기지개를 펴시는지

타 버린

태양 아래

쏟아지는 눈물이

거세게 폭우처럼

쏟아지는데

임이 가신 지

오랜 침묵이

입을 엽니다.

하나님, 오늘은 아침에 침을 새로 옮긴 세교 □□한의원에서 맞고 오후에는 오산에 옷 가게에서 옷을 사고 집으로 왔습니다.

밥 먹고 유튜브 이제 졸업했습니다.

나라가 엉망입니다. 전쟁은 납니다.

하나님, 이제 허락하소서. 저도 주의 마음과 같습니다.

허락하소서. 아멘.

삼 일 전쟁이 끝나고 나면 칠흑 같은 어둠이 가고 나라와 민족이 하나 되고 영토는 확장되고 3년을 노동하고 참 하나님 나라는 나라와 민족을 번영과 평강이 예수그리스도와 함께 임하리라.

나는 너의 하나님 만군의 주로다. 아멘.

하나님, 돈과 사람으로부터 완전한 해방 부디 허락하소서. 아멘.

꿈에 안방에 있는데 배우 이장우가 내 방으로 왔고 나는 그와 키스를 하는데 엄마가 오셨고, 내가 모은 돈 24만 원 가방과 함께 못 도망가게 빼앗으셨고, 나는 집에서 나왔고 아버지가 화를 내셨고, 나는 갑자기 쏟아지는 빗물을 피하고 엄마에게 안 들키려고 숨었고, 엄마 아버지가 내 앞을 지나도 등 돌린 나를 알아보지 못했고, 동네 사람에게 24만 원 줄 테니 찾아 달라 하는데 아무도 듣지 않고 나는 유유히 동네를 빠져나와 꿈에서 깨었습니다.

　　하나님 근데 기분이 너무 자유했습니다. 무슨 꿈인지요? 이 글 쓰면서 나쁘다는 생각은 안 들어요. 하나님 도우신 겁니다. 고맙습니다. 살려 주셔서 감사합니다. 아멘.

　　하나님, 윤석열 한중일 영수회담 비핵화 선언 하겠답니다.

　　하나님, 하나님, 나의 하나님. 어찌하시렵니까.

　　하나님, 어떻게 아버지는 맨날 내 탓이고 당신은 너무너무 떳떳하여 잘못은 다 내 탓으로 돌리는지 알 수가 없습니다. 어떻게 하면 진짜 저럴 수가 있는지 참 아이러니합니다.

　　맨날 이해해 주어도 고마운지 자식 귀한 줄 모르는 사람입니다. 거룩하신 하나님, 단순히 지나쳐도 신경 써 주어도 정말 저에게 왜 그러는지 알 수가 없습니다. 정말 진짜 돌아가셔서 엄마처럼 그리움이나 남았으면 다행입니다. 해도 해도 너무합니다. 참으로 참으로 어리석어도 어지간합니다.

정말 전쟁 나서 교회에 아버지 부녀가 된 후회가 두려워 참고 참았습니다. 더 이상은 하나님 저 좀 살려 주세요.

아무리 좋게 포장해 잘 지내려 하여도 정말 희망이 포기입니다. 남도 안 그러는데 도대체 왜 그러는지 도저히 알 수가 없습니다. 해도 해도 너무합니다. 그만 하나님 불러가시면 안 될까요? 딱 돌아가시길 바라는 이 맘에 상처를 이제 거두어 주시길 기도드립니다. 아멘.

하나님, 사람들은 참으로 어리석습니다. 보고도 듣고도 믿지 않는 사람들, 이뿐만 아니라 진짜를 가짜라 하고 가짜를 진짜라 하며 당신을 조롱하며 참으로 대적하고도 죄가 아닌 줄 착각합니다.

그리고 진실을 말하는 사람을 아니라 조리돌림합니다. 하나님, 더 이상 간과하지 마시고 주의 입을 열어 심판하소서. 저는 주여, 참으로 지치고 심히 절망 가운데 패악자들로 구원하소서. 나의 삶이 지치고 곤하여 죽게 되었나이다.

하나님, 하나님, 사망의 음침한 골짜기 다닐지라도 해를 두려워 않게 하소서. 원수의 목전에서 상을 베푸소서. 억압으로부터 자유를 허락하시길 기도합니다. 주의 인자가 곧 오심이여, 나는 주의 전에 숨기고 복을 주소서. 아멘.

하나님, 윤석열 바로왕 같습니다. 주여 구원하소서. 어떻게 이럴까요? 하나님, 다른 때는 북이 미사일 쏴도 한참 지난 후 보도하던 방송이, 북한이 쏘지도 않았는데 수상한 게 한두 가지가 아닙니다.

진짜 제정신도 아니고 일본에 독도 내주려 하고, 라인 야후, 경제 사회 종교 다 말아먹는 미친 정부를 본 적이 없어요.

하나님, 이 윤석열 김건희 두 사람을 어떻게 두고 보시나이까. 너무 너무 백성은 하루하루 죽을 지경에 전쟁하려고 하는 온 백성의 등골을 빼먹으며 국민과 싸우는 저 미친 정부를 하나님이여 그냥 두고 보시나이까. 차라리, 차라리 누가 저 정신 나간 두 사람 짓거리를 끊을 자가 없나요. 주여, 정말 나라가 이렇게 현 정부까지 박정희 대통령 이후로도 전무후무한 일입니다. 이 사람을 지지하는 인간은 정말 미친 교회 속은 양과 거짓과 패악에 예수님 파는 모고히자라는 사람들입니다. 주여, 저들에게서 진짜 내 백성 주의 백성을 구원하소서, 구원하소서.

하늘이시여, 하나님 나의 아버지 나라가 전쟁 아니면 살길이 안 보이니 정말 무고한 백성이 희생이 더는 없어야 합니다. 주여, 주여, 구원하소서 구원하소서. 아멘.

나의 하나님이여, 나라를 구하소서. 심히 죽게 되었나이다. 아버지여. 불쌍히 여기소서. 할렐루야 아멘.


하나님, 북한은 오랫동안 군사로 훈련한 나라입니다. 전쟁하면 북한은 남한을 점령할 것입니다. 그리고 반(反) 세력에 의해 예수 믿는 자 말고 남한은 몰살입니다. 서울과 오키나와라고 하셨고, 그대로 이루어집니다. 그리고 북한 김정은 몰락할 것입니다.

김한솔 같은 반김일성 세력이 세력을 잡을 것입니다.

그중에 대한민국 새로운 모세와 같은 인물이 나와 인연을 맺으며 대한민국 하나님의 나라가 될 것입니다. 대한민국이라 할 겁니다.

하나님, 감사합니다. 고맙습니다.

오늘 제 전화 받은 사람들은 다 삽니다. 규웅이도 잘 모르겠어요. 연락을 안 받았어요. 하나님, 그도 주님의 다 뜻입니다. 저는 그저 바랄 뿐입니다.

일본과 중국은 우리나라 속국입니다. 적입니다. 최악의 국가들입니다. 대한민국 9천 년 넘는 역사 동안 한 모든 패악을 주님은 갚으십니다.

오늘 국회 채상병 특검법 통과되는 순간, 윤석열 폭주 전차는 전쟁할 준비, 중국·일본 정상회의 한 겁니다. 그리고 일본 기시다 만나러 도망갈 계획입니다. 그런 것 같습니다.

주여, 대한민국 위기 상황입니다.

방송은 장악하고 정치를 소꿉놀이로 생각하는 위인입니다.

하나님, 공산 색깔이라는 문재인 정부 때는 국민이 코로나에서 건져 그래도 서민들이 살았습니다. 시장은 경제의 민감한 소통입니다. 경기가 너무 안 좋습니다. 그런데 세금은 말도 안 되는 실정입니다. 그리고 일 년 반 전에 윤석열, 김건희 아크로 서초 아파트에서 이사 갈 때 버린 책 주워 가지고 있다가, 최재영 목사가 준 뇌물의 증거가 되는 책 선물을 언론에 제출한 권성희 변호사는 검찰 소환되는 상황입니다. 뿐만 아니라 도이치모터스 주가 조작한 김건희 엄마는 가석방되었고 정말 셋이 도망칠 궁리로 명분만 찾으려 국민과 싸우는 윤석열 이 폭주 전차는… 주여, 어떻게 할까요? 주여, 제발 나라의 이 실정은 제가 모르는 것까지 다 아시나요? 주여, 억울한 죽음이 너무너무 많습니다.

채 상병, 이태원, 이선균 다 억울한 죽음입니다. 주여, 제발 이 대한민국 돈 세금 뜯어 자기 주머니 채우는 대통령을 제가 교회에 속아 뽑았습니다. 그 대가로 이 꼴을 봅니다.

이 폭주 전차는 주만이 하십니다. 하나님, 하나님, 나의 하나님. 어떻게 해야 합니까? 저 폭주 전차의 짓거리를 어떻게 해야 끊겠습니까? 하루하루 내 새끼 같은 국민은 죽어라 일해도 먹고 살기가 힘듭니다.

주여, 이 환란 날에도 주를 사랑하는 진짜, 주여, 그들을 기억하시어 이 정신 나간 두 사람을 꺾어 주소서. 정말 공산당보다 정신 나간 자들입니다.

저는 육십 평생 살면서 이런 정부는 처음 겪습니다. 하나님, 어떻게 나라에 대통령이 국민의 생명을 담보로 일본에 뜻대로 나라를 오염수와 함께 방류를 기시다에게 국가 안보 전쟁을 하겠다는 이 정신 나간 국가통수권자를 더 이상 국민은 저 역시 원하지 않습니다.

하나님, 허용하신 대로 두시는 이유가 어디에 계시나이까. 전쟁 너희는 전쟁 아니면 이 굴레에서 벗어날 수 없느니라. 전쟁은 날 것이며 내 국민 내 백성은 살리라. 가짜와 진짜 심판은 내게 속하였으며 전쟁은 복이 되리라.

하나님 아버지여, 저를 불쌍히 여기사 이제 이 모든 것 주 안에 다 거하나이다. 아멘, 샬롬.

하나님, 고맙고 감사하신 하나님, 환란 날에도 도우시나니 제가 주께 갑니다.

주여, 나를 불쌍히 여기시고 도우사 주께서 하신 모든 일의 증인입니다. 하나님, 이제 곧 있을 전쟁에서 나를 보호하사 기억하시고 모든 죄에서 자유한 것은 주께서 나를 건지심입니다.

하나님, 나는 오직 주만이 나의 길이요 진리요 생명이신 예수로 말미암아 거듭난 새 생명입니다. 주여, 나를 이 사망에서 건지소서. 이제 ○○이는 꼭 연락합니다. 주여, 그를 생명으로 건지소서. 생명으로 건지소서. 나는 오직 주로 인해 그를 기억하오니, 주여 들어주소서. 하늘에 오직 주만이 이 모든 일에 주인이십니다. 아멘.

하나님, 정말 이제는 다시는 내게 고통 허락지 마소서. 저 죽어요. 저의 한계, 연약함입니다. 더는 못 해요, 차라리 저를 데려가 주십시오. 이 환란이 오기 전에 저를 데려가 주시고, 더는 허락지 마소서. 주여, 저는 스물일곱부터 지금까지 너무 힘듭니다.

하나님이여, 나의 하나님이여 이제 더 이상 제게서 눈물을 허락지 마소서. 장장 33년입니다.

예수님만 하십니다. 저는 최악의 시간을 고통 가운데 버티었어요. 더는 허락지 마소서. 주여, 나를 구원하소서. 나를 사랑하신다면 그래서 예수께서 나를 대신해 십자가에 죽으시고 부활하사 날 살리셨다면 그 사랑의 확증이 되셨다면 딱 여기까지입니다. 더 이상은 버틸 힘이 남아 있질 않아요. 그냥 조용히 자다 그렇게 당신께 가고 싶습니다.

하나님이여, 나의 죄를 담당하사 살리소서. 제발 나를 구원하소서. 나도 이제 좀 진짜 평안하게 여생을 보내고 싶습니다. 저는 나이도 먹었고 너무너무 육신과 함께 유지하는 모든 정신적 한계입니다. 저를 살리시려거든 저의 고통을 여기서 제발 멈추게 하소서. 주여, 저의 이 핍절한 기도를 오직 주께서 아시오니 나를 보호하시고 이 마지막 기도를 들어주소서. 아멘.

하나님, 대한민국 국민은 하나님의 율법을 기뻐하는 참 선한 당신의 착한 백성입니다. 하나님, 대한민국 지켜 주소서. 대한민국은 영토는 작지만 신앙인으로 사는 참어머니는 강한 십자가 군사입니다. 주여, 내 나라 내 조국을 부탁드립니다.

나 이제 남은 건 주의 가르쳐 주신 율법 아래 주신 사랑의 기도로 나아갑니다. 고백뿐, 아무것도 가진 게 없습니다.

이 나라 이 민족 살리시는 이는 주님, 당신의 참 진리 안에 당신의 군사로 이제 이 환란에서 건지소서. 오직 주만이 이 나라에 주인입니다.

주여, 지켜 주소서. 살리소서. 구원하소서. 아멘.


임이여

동녘에 소슬바람

이제 잠에서

일어나

온 땅에 기지개를

켜고 폭풍으로

진군하소서.


동녘에 해는 뜹니다

그렇게 임이여

일어나소서

온통 북풍 한솔

차디찬 바람

이제 일어나

행군하소서.


큰 지진 같은

함성이 들립니다

임이여

어서 일어나소서

인자가 그렇게

가까이 왔습니다.

　　하나님, 오월의 마지막입니다. 이제 내일이면 유월입니다. 트럼프는 미국 재판 유죄 판결이랍니다. 우리나라 대한민국 괴롭히는 사람, 나라는 다 그렇습니다. 중국인들, 일본, 러시아 다 전쟁하겠답니다. 윤석열은 대한민국 사람 아닙니다. 나라 팔아먹은 인간입니다. 한마디로 제정신이 아닙니다. 어떻게 국민을 대상으로 거부권을, 그것도 제 부인 한 사람과 자신을 위해 열한 번 썼습니다. 그리고 일본의 이익을 위해 나라 국민의 혈세를 오염수 방류 통보와 함께 우리나라 영토 독도까지 아주 제대로 말아먹은 사람입니다. 중국, 러시아, 일본 놈과 트럼프와도 다를 것 없는 인간입니다.

　　하나님이여, 판단하여 이제 심판하소서. 국민을 사지로 모는 그 두 사람을 심판하소서. 아멘.

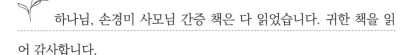

하나님, 손경미 사모님 간증 책은 다 읽었습니다. 귀한 책을 읽어 감사합니다.

지금까지 저는 보호와 그늘에서 잘 살았어요. 그러다 보니 조금만 소홀해도 엄마 품처럼 생각하고 사람들이 조금만 눈길을 안 주어도 화를 냈어요. 그리고 원망과 갑질과 저주를 했네요, 세상을 향해. 그러나 이제부터는 저는 그동안 사람들로부터 받은 가족의 상처를 싸매어 주는 사람입니다. 온갖 시련과 아픔을 겪고 난 고목나무 그늘 천국이 그렇다고 하셨지요. 하나님, 이제 또 하루의 도전에 문을 엽니다.

李(오얏 리) 愛(사랑 애) 利(이로울 리) 慈(자비 자)

이애리자, 하나님 뜻이 있는 이름, 나 낳은 어머니가 주신 이름대로 그동안 육십 년 주께서 세상으로부터 싸우며 사는 영적 은혜 훈련 이루신 저는 그렇게 주바라기입니다.

상처는 극복하는 과정에 은사요, 이겨야 주께 영광입니다. 지는 건 아무런 의미가 없어요. 그 싸움에서 건지시고 인도하신 주께서 그렇게 방황하고 고통받는 자를 위해 주신 저만의 은혜 무기를 이제는 사용합니다. 기도와 간구는 응답 주시는 능력입니다. 하나님께서 나의 기도를 기뻐하십니다. 그 기도를 은혜 가운데 아프고 병들고 억압되고 눌린 자들을 위해 쓰라고 하시는 사인입니다.

나의 보채는 기도는 하나님을 아프게 합니다. 하나님, 나의 구원은 오직 예수 안에 능력 주신 자 안에 마귀와 싸우는, 그래서 싸워 이기는 기도입니다.

그것을 보여 주시려고 지금까지 모든 고난을 허락하신 나의 주 나의 하나님, 한없는 감사와 존귀하신 주 찬송합니다.

나의 전능하신 하나님 은혜 입은 자만이 압니다. 은혜는 고통 없이 주어지는 게 아니고 그 고통은 진주와 같습니다.

그 길이 너무나 길었습니다. 장장 육십 년을 그렇게 살았습니다.

주여, 죄송합니다. 나의 죄의 뿌리는 그렇게 깊고 깊었습니다. 이 모든 환란에서 건지신 오직 주만이 나의 창조자 전능자, 오직 그리스도이십니다. 아멘.

하나님, 오늘은 너무나 그동안 진짜 교회에 하고픈 이야기를 다 했습니다. 저는 그동안 너무나 주 안에 교회가 준 상처를 두려워 참고 참았던 말들을 요즘은 두려움 없이 말합니다. 그것은 주님 주신 감사입니다. 기적입니다. 요나의 기적입니다.

그리고 하나님, 저는 종교개혁 원하는 진짜 하나님의 사람을 원합니다. 그런 목숨 건 사람이 필요합니다. 만나게, 오직 그건 축복을 허락하소서. 아멘.

하나님, 너무나 사랑하는 대한민국 백성은 날마다 윤석열 대통령 때문에 이렇게 고통스러운 의사와 기업, 노동자, 선생 모두 국민 일반인 학생까지 시위와 정치인들 야당 공세도 비웃듯, 보란 듯 범죄자 윤석열은 오늘도 북한과 똑같은 국민을 향해 패악으로 싸우잡니다.

주여, 이것을 판단하소서. 차라리 전쟁 나면 끌어내리려 생활 전선도 포기할 정도로 힘든 경제와 이 현실에 싸울 겁니다.

주여, 판단하소서. 북한, 중국, 일본은 똑같은 패악으로 대한민국 당신의 정의로운 백성을 위협하는 지금입니다. 나라가 그럼에도 유지되는 건 주님의 지극한 사랑입니다. 주여, 판단하사 이 나라가 주의 나라가 임하시고 불쌍한 주의 백성을 건지시고 악을 멸하소서. 주의 백성의 소리를 들어주소서. 아멘.

하나님, 오늘은 9·19 남북군사합의 상실 국회 통과 소식과 함께 윤석열 전쟁 시나리오가 나라를, 전운을 감돌고 있습니다.

의사들, 선생, 노동자, 일반 시민, 온 나라가 이렇게 난리인데 윤석열은 오직 술과 김건희 방탄 국민들 너희는 시위해라, 나는 나면 김건희와 유유자적 흥청망청. 이제는 그저 울분과 이런 미친 정부를 지지하는 21% 지지자들은 무슨 미친 사람들이길래, 너무너무 부끄럽습니다. 교회가 속고 지지한 건지, 속인 건지, 그렇게 윤석열 안 찍으려다 찍은 제가 너무 화가 나고 국민의 고통을 어떻게 그저 가슴만 아픕니다. 주여, 나의 죄와 허물을 용서하시길 간절히 기도하고, 이 땅에 정말 다시는 이와 같은 환란이 없기를….

진짜 어진 대통령 하나님, 잘 믿는 모세 같은 지도자를 바랄 뿐, 전쟁 나야 나타날 것 같습니다. 주여, 내 나라의 백성을 살려 주시길 간절히 기도합니다. 아멘.

하나님, 죄송합니다. 오늘 너무 감사하게 주 안에 아버지와의 시간을 주신 하나님 거룩, 거룩하신 주 입술에 찬양을 받아주소서. 할렐루야, 아버지랑 마지막 식사하고 다 털어 밝히신 주여. 찬송, 찬송하오니 모든 영광 받아 주시고 하늘 보좌에서 복을 주소서. 온 땅에 사마리아 땅끝까지 이루려 증인으로 살기를 소원합니다.

하늘 문을 여소서, 아멘. 할렐루야. 고맙고 감사합니다. 아멘, 아멘.

인간이 참으로 어리석고 무지한 백성이요, 참 죄인 중에 죄인으로 부르시고 모든 죄에서 건지신 주여, 은혜로 주신 모든 것 감사합니다. 나의 입술의 모든 말 모든 행실에 주께서 함께하사 자유하게 하신 주를 찬송합니다. 아멘, 할렐루야.

하나님, 어떻게 이럴까요. 이런 상황에 저렇게 이렇게 아무런 일상의 영위한다는 것이 저는 너무너무 신기하고 기적 같은 일입니다. 북한과 윤석열은 전쟁하겠다고 날마다 한미 연합 훈련하고, 오히려 정부는 강경한 전쟁 시나리오를 윤석열 천공 김건희 주제로 쓰고 석유 시추한다고 국가 돈을 1조 가까이 투자한다고 연일 떠들고, 김건희 소환으로 윤석열은 전쟁으로 혈안이 되어도 오히려 교회는 너무나 평화요, 아무 위기의식조차 없는, 마치 폭풍전야 같은 현충일을 보내고 저는 이제 그저 하나님 처분만 바라고 있습니다.

이 나라 정부는 미쳤습니다. 국민을, 생명을, 안보를 지키랬더니 착한 국민을 방패 삼아 오염수를 방류하며 이제는 전쟁 도피 행각을 준비하는 대통령이…. 윤석열이 국민과 연일 싸우자 하여도 국민은 아직도 교회는 죽은 자요 말이 없습니다.

이런 미친 정부를 저는 일찍이 본 일이 없습니다. 정말 나라가 미쳤습니다. 이런데도 주여, 오히려 그런 말 하는 사람은 절대 누가 짖나 하고 떠드는 자 따로 듣는 자 따로입니다. 나라가 이렇게 어지러울 줄은 상상한 적이 없습니다. 오히려 외국에서는 전운을 감지하고 미국, 중국, 일본이 압박하는데 교회는 그저 좋은 게 좋답니다. 그게 하나님 뜻이랍니다.

교회는 죽었습니다. 정말 미쳤습니다. 긴장하는 사람은 불안한 사람은 어둠에 있는 사람이라 구마기도나 하는, 참으로 이타적이지도 하나님 뜻도 아닌 이기적 평화로 교회만 안전하면 그뿐, 죽은 교회는 말이 없습니다.

거리에 시민이 나오고 진짜 깨어 있는 자들은 입술로 정직한 말을 하여도 귀 막고 입을 틀어막습니다.

온 나라가 정말 제정신으로 사는 사람도, 정상적 삶을 누리기를 포기합니다. 환자들이 치료를 받아야 하는 의사도 투쟁 선생, 노동자, 정치인, 더불어 조국혁신당 쏟아져 나와도 교회는 안전하다는 미친 사람이 목사들입니다.

그저 개가 짖는다. 자기 가족 성도들 중 목사의 간택을 받은 특권자들뿐, 진짜 약하고 기도하는 사람들은 고통 속에 날마다 부르짖어도 그들의 관심 밖입니다.

주여, 이제 심판하소서. 저도 주께 더 이상 전쟁을 막아 달라 기도할 명분도, 그러고 싶지도, 더 이상 오히려 그건 죄 같습니다. 입으로는 주를 위해 고난을 떠드는 자들은 오로지 자기만을 위한 이기적 기도밖에는 나라와 주의 뜻을 위해 고통스러운 기도하는 사람이 단 한 사람만 있었어도 교회와 나라가 이런 환란을 당하지 않았을 겁니다. 그런데 어떻게 더 이상 우리 주께 무슨 면목으로 살려 달라 기도할까요.

나라와 교회는 미친 겁니다. 그리고 이런 저는 순간 미친 자나 귀신들린 자 취급될까 언행이 두려워도 온갖 고통 속에 말하여도 듣는 자가 없는데 더 이상 무슨 염치로 주께 고하리까.

하나님, 싹 다 심판하소서. 그 일에 대하여 저도 무슨 면목으로 살려 달라 하겠습니까. 오직 주만이, 전능하신 주, 주만이 다 이루시길 간구하오니 주여, 뜻대로 하소서. 아멘.


주여, 10일 이내 게이트키퍼 야당 여당에게 통보하겠습니다. 그 안에 분명 전쟁 납니다. 윤석열 때문에 나라가 이 험한 꼴인데 교회는 차려 놓은 밥상만 바라고 있습니다. 무슨 고상한 놀이 하는 집단 같습니다. 미친 집단 같습니다. 어떻게 차라리 저처럼 기도로 고민이라도 하면 무슨 아무 상관 없는 집단 같습니다.

그리고 무슨 대한민국 국민입니까. 저는 도저히 화가 너무 나서 미칠 지경입니다. 이것은 하나님 마음 아닙니까? 남들은 나라를 위해 시위하는 핍절한 상황을 교회는 자기네만 안 당하면 그만이요, 기뻐하랍니다. 이 무슨 망발입니까?

주여, 도무지 교회는 어떻게 하나같이 이런지 알 수가 없습니다. 촛불 밝혀 기도해야 하고 정말 고통받는 시민들과 함께하는 고통 분담은 없는, 오직 이기적 자기 체면 걸어 거짓말 언행 불일치, 사기 집단 같습니다. 그리고 바른 소리는 핍박이라며 절대 회개하기는커녕 즐기는 집단입니다.

단 한 번도 정말 가난하고 핍절한 이들과 함께하는 기도도 하지 않고 극저 자기네만 기쁘고 행복하면 그만인 집단으로 전락했습니다.

주여, 판단하소서, 그리고 분명히 물으셔야 합니다. 입으로 고난을 말하면서 전혀 상관없는 행동으로 입으로 믿는 사람들입니다. 주여, 바리새인들이 예수님 당시에 한 짓을 한국 교회가 오늘날 타락하고 전락하고 호객행위 하듯 성도를 울리는 집단이 되고도 전혀 죄책감 하나도 없는 집단이 되었습니다.

정말 교회 목사들 말은 너무너무 잘합니다. 그러나 진실이 없습니다. 전혀 그것을 고민하지도, 고민해서도 안 된다 가르치는 사람들입니다. 희망, 소망 없는 위선자들뿐입니다.

나라에 전쟁, 기근 나면 도망갈 위인들입니다. 안 그런 목사님 아직 못 만났어요. 한 영혼을 위해 눈물로 기도하는 목사 없어요. 예수님 마음 품은 사람이 없습니다.

권위와 오로지 교회에 유익만 위한 집단입니다. 말 못 하는 사람 교회 목사 없습니다. 그들은 스스로 천국 가면 입만 동동 뜨리라.

본인들 입으로 말하면서 정말 통해하고 돌이키지 않습니다.

진실을 보려 하지도, 보고도 방관하는 자들입니다. 주여, 참으로 해괴하고 기막힌 노릇입니다. 주께서 가르친 대로 성경을 말하고 행동은 세상 사람들처럼 율법 금기만 말하고 법보다 사람, 사람 위에 주님의 뜻을 전혀 가르치지 않는 미친 집단입니다.

주여, 오직 주께서 판단하시되 한 치도 틀림없다면 이루시되, 나에게 무슨 잘못이 있거든 제발 저를 벌하소서. 여호와여 주는 고아와 과부와 고통받는 가난하고 병든 자를 사랑하셨습니다. 저들은 그런 사람보다 부유하고 교육, 교양 오직 겉으로 보기 좋은 것만 찾는 자들뿐입니다. 주여, 진짜들은 처절하게 싸우고 있는데 그저 자기 문제 아니면 남의 집 개 짖는 소리로 압니다.

그것이 오늘날 한국 교회 현실입니다.

주여, 심판받아야 합니다. 사람들이 그렇게 교회를 향하여 옳은 소리를 하여도 듣는 자도 보는 자도 없습니다.

하나님이여, 어찌하시렵니까? 제가 참으로 죽게 되었나이다.

이 고통에서 나를 건지시고 살리소서. 아멘, 할렐루야. 살리소서.

하나님은 대한민국 가난하고 돈 없고 빽 없어 고통받은 자의 자비하신, 정말 하나님이십니다. 교회에 편하게 돈 걱정 없고 개폼 잡고 예배하는 자의 하나님 아니십니다.

오늘도 서민들은 하루를 성실하게 살아도 매국노 뽑은 죄로 끼니를 걱정합니다. 그들은 매 순간 죽음과 싸웁니다.

그들을 기억하고 기도하는 자와 하나님은 함께하시고 저들은 보호하시는 좋으신 하나님, 세상은 돈으로 국민을 노예처럼, 하다 하다 진짜 의식 있는 엘리트들을 협박하고 겁박하는 자는 대통령과 그 집단 패거리 카르텔 진짜 악한 자들입니다.

하나님, 천공이라는 정신 나간 자는 그 입으로 우리 국민과 이 땅을 더럽히려 합니다. 하루는 석유로 사기 치고 있으며, 전쟁해야 한다는 망언을 쏟아도 이 바보 같은 윤 대통령은 막기는커녕 오히려 신봉하고 옹호하는 자입니다. 대통령 아닙니다. 무정부입니다. 주말이면 서울역 시청역이 시민들은 미친 정부를 향해 저 배부른 미친놈 외쳐도 싸우겠답니다.

주여, 이제 어떻게 하시렵니까?

주여, 내 나라는 옛부터 주의 율법을 사랑하여 부모를 공경하며 애족 애국 정신을 가르친 깨끗한 한민족입니다. 이것을 겁박하고 더러운 사기 집단은 직위 고하를 박탈하고 심판받아야 마땅하고 마땅합니다. 전쟁 나면 저들의 목을 치셔야 합니다. 그 씨를 다 말리셔야 합니다.

착하고 착한 대한민국 자랑스러운 내 민족은 살리셔야 합니다. 거기에는 오직 주만이 주인이시오, 교회라 할지라도 벌, 대가 받아야 합니다. 내 백성을 돌보라 맡기신 책임을 다하지 않은 목사들 다 심판받아야 합니다.

주여, 저들은 회개하지 않은 오직 예수님 팔아먹는 이리와 같았습니다. 이 환란은 다 패악한 돈으로 정치하고 교회를 삼킨 자들 때문입니다. 그들의 목을 치소서, 여호와여. 저들을 멸하시고 다시는 내 민족 위에 이견 환란을 면케 하시고 배고파 자식 잃고 아는 자 없어 억울한 참소로 거리에 법에 호소하여도 법이 공정하게 심판하지 않아 주린 자의 하나님은 이들을 기억하사 복을 주시고 살리소서.

하나님, 전쟁으로 다 심판하소서. 다 가리소서. 진짜 교회가 없어요.

하나님, 다시 세우소서. 정말 정말 그렇게 해 주시지 않으시면 안 됩니다. 저 죽습니다. 주께 목숨 걸었습니다. 하나님 여기에 남녀노소가 다 무슨 소용입니까? 주여, 기억하소서.

이 환란을 다시는 이 나라 이 백성에게 허락지 마소서. 주여, 주여. 예수님 핏값으로 산 내 백성이 죽습니다.

주여, 한 번만, 한 번만 진실로 진실로 구하오니 불쌍히 여기소서. 전쟁은 피할 수 없을까요? 하나님, 정말 이렇게 함께할, 나와 함께 기도할 사람이 없나요? 하나님, 마지막 이 나라의 환란에서 건질 내 리더를 붙이소서, 붙이소서.

주여, 주여, 주여, 들어주소서. 아멘.

하나님, 내일은 시청 갑니다.

오직 성령이 임하게 하시고 저의 모든 생사화복을 주관하시는 주만이 역사하시고 온전케 하시길 기도합니다.

내일 일은 주께서 다 이루시길 간절히, 간절히 부탁드립니다. 내일, 내일입니다.

하나님, 아멘. 할렐루야.

하나님, 하나님, 오늘 제가 어떻게 해야 할지 현실이 너무너무 막막합니다. 세상 태어나 이런 정부는 처음인데 도무지, 도무지 길은 막막합니다. 정말 막막합니다. 참으로 도와주십시오, 주님.

나라가 망하면 저도 없고 주께서 그 슬픔 어찌 감당하시겠습니까? 서울에 시청, 어떻게 길이 안 보여 고민 가득합니다.

도와주십시오. 나는 오직 주만이 길이요 진리인 것을 믿습니다. 국민이 다 죽어요, 하나님.

근데 저도 무서워요. 두렵습니다. 미친 척 갑니다. 저도 몰라요.

하나님, 저는 하나님 아빠 것입니다.


꿈에 백운기 씨가 나와 신기했다. 그의 집에 초대, 같은 집 근처 아파트 같은데 소고기와 새우튀김을 먹다 깨었다.

하나님, 이 나라에 대통령이 없습니다.

윤 대통령은 욕도 아까운 집단 사기꾼들입니다.

어떻게 국민이 뼈 빠지게 피땀으로 번 돈으로 대국민 석유 주가 조작, 사기 칠 생각한 못돼먹은 사람입니다. 하나님, 어느 때까지입니까. 국민 사기극은 언제 끝날까요?

어떻게 그 쥐새끼 한 마리 때문에 진짜 선량한 목사들은 목회에 절망해야 하고, 성도들은 또 저처럼 이렇게 절망해야 합니까? 석유 주가 조작 엑트지오 소개한 사람이 목사랍니다.

참으로 하나님, 이걸 어떻게 두고 보십니까?

나라가 두 동강 나고 이젠 전쟁으로 피바다 만들려고 이 집권 국짐과 대통령은 제대로 망해야 합니다.

저들은 입은 패려한 괴물로 사람을 다 죽입니다. 하나님, 정말 정말 살아 계시다면 저들의 주리를 틀어 목을 치소서. 어떻게 이렇게 이렇게 칠 데 없어서 선한 당신의 백성에게 사기를 칩니까? 이걸 그냥 더 두고 보십니까?

하나님, 하나님, 나의 하나님. 저들의 목을 치소서. 꺾어 주소서. 내 착한 백성이 주여 이제 다 속았습니다. 죽습니다. 하나님 저들로 더 이상 이 백성을 해치지 못하게 하소서. 주여, 주여 더 이상, 더 이상 안 됩니다. 차라리 저를, 저를 데려가소서. 이 미친 괴물을 치소서. 아멘. 할렐루야. 아멘. 아멘.

하나님, 날마다 온통 전쟁 소리는 세계 여기저기 나는데, 우리나라는 북한으로 하여금 전쟁하자는 듯 확성기 틀고 훈련 한미 연합으로 하고, 미군은 철수한다, 안 한다, 중국은 대만 침공… 정말 어찌 주님의 때가 아닐까요.

저는 이런 세대와 시대 속에 살 줄은 정말 몰랐습니다. 주여, 어쩌다 대한민국, 아니 인간이 이렇게 몰락했는지 알다가도 모를 일입니다. 항상 저의 생각이 맞는 것도 아니지만, 그렇다고 아주 틀린 것이 아니라 윤석열은 키르기스스탄으로 순방, 도망…. 나라를 이렇게 만들고 김건희랑 떴습니다. 다시는 내 나라 내 땅을 밟을 일 없기를.

그들은 마치 살아 있는 악마 같습니다. 정말 기가 찹니다.

북한이 전쟁을 한다면 그건 당연히 윤석열 때문입니다. 저 두 인간 목을 꺾어 주소서. 아버지, 어떻게 국민의 적이 되려는지, 아니 이미 적입니다. 국민의 적은 하나님의 적입니다. 그래서 싫습니다.

하나님, 저는 주바라기입니다. 주밖에 아무것도 알고 싶지도, 알아서도 안 되는 사람입니다.

하나님, 저를 불쌍히 여기시고 나를 사망에서 건지시고 항상 의롭고 착한 하나님 딸로 살게 하소서. 나의 죄가 주홍 같을지라도 주의 앞에서 날마다 회개함이 눈보다 희어지게 하시고 나를 이 땅에서 사는 동안 영원히 주만 바라고 의지하므로 온전한 하나님의 전신 갑주로 살게 하소서.

오늘은 사건 사고가 또 많습니다. 전라도 부안에서 4.5 지진이 났다네요. 그 영향으로 대전 세종이 흔들렸다고 비상경계랍니다.

북한으로 자극하여 전쟁은 일촉즉발이고 이재명 의원은 억울한 재판으로 오물 쓰고 매일 불려 다니네요.

하나님, 오직 주만이 다 하시나이다. 이 땅을 악에서 건지시고 저에게 이제 주를 위해 사는 데 필요한 모든 것을 허락하시고 나를 건지소서. 아멘.

하나님, 시국이 너무너무 위중한데 시장에 이 뜨거운데 한 푼이라도 받겠다고 백성이 나왔어요. 이 뜨거운데 이렇게 개고생해서 번 돈으로 나라에 세금 냈는데 정신 나간 사람은 석유 주가 조작 사기 치고 북한에서는 먼저 훈련으로 자극하고 정신 나간 짓으로 전쟁은 코앞인데 망할 것들은 죽지도 않고 나랏돈으로 해외 순방 핑계 대고 놀러 가셨습니다.

제발 천공, 윤석열, 김건희를, 그 잔당 패거리 국힘 다 쓸어 버리시길 간절히 기도드립니다. 백성은 하루 살기에 급급합니다. 하루 종일 뜨거운데 장사를 해야 가족이 먹고사는데 지금 입에 풀칠도 못 합니다. 주여, 주여 이 패거리들을 쓸어 주소서. 나라 정말 걱정하는 의인들은 줄줄이 감옥행, 정말 비통한 일입니다.

주여, 내 주는 살아 계신 주십니다. 교회는 진짜 목회자를 죽이고 있습니다. 가장 큰 패악입니다. 정치적 깊숙이 악마의 손으로 주무르고 있는 정말, 신천지, 교회의 검은 손을 꺾어 주소서. 그것이 전쟁이 답이라면, 주여 감당해야겠으니 이 죄인의 기도를 들어 주소서. 나라를 핏값으로, 순교자의 피로 산 내 백성이 이렇게 억울하게 죽을 수는 없습니다. 주여, 주여 당신의 선한 백성을 구원하소서. 살리소서. 저는 그것 밖에는 소원이 없습니다.

하늘은 하나님의 영원한 복을 이 나라에 허락하시고 제발 이 환란에서 건지시길 간절히 부탁드립니다. 주여, 이 죄인의 기도를 들어주소서. 살리소서. 주여, 주여, 나는 주를 위해 모든 걸 걸었습니다. 버리지 마소서.

예수여, 예수여, 구원하소서. 아멘.

하나님, 오늘은 거룩하고 거룩한 안식일입니다.

나는 주를 보았으며 주께서 나를 건지시고 오직 부활하사 죽음에서 건지신 매 순간의 구원으로 주께서 감착하시고 날 보호하소서.

나는 주의 것입니다. 주는 나의 하나님, 나의 주인이요, 왕이신 오직 예수로 살게 하시고 하루에 모든 일정이 그렇게 보응하시고 복 주시는 주께 있사옵니다.

주여, 나를 불쌍히 여기시고 살리소서. 할렐루야. 아멘.

꿈에 엄마가 저녁 준비를 했고, 가족이 식사를 하는데 나는 싫어

서 고기 요리였는데 나오려는데 들켜 그냥 먹다 깨었다.

하나님, 감사합니다. 인간의 뼈도 딱딱하지 않습니다. 숨을 쉬나이다. 움직입니다. 그러므로 무엇이든 믿음 안에 가한 줄을 배웠나이다. 하나님 만세, 반석 위에 거룩하신 하나님이여, 당신의 깊음은 바다보다도 깊으며 그 높이는 하늘보다 높으심이여.

참 하나님, 나의 하나님 아버지, 오직 만군의 여호와여 당신은 감히 짐작할 수도 판단해선 안 되는 인간의 어리석음은 그저 통탄스러우며 슬피 우시나니 내가 감히 여호와 하나님 이름을 부르는 것은 오직 예수 그리스도의 성령으로 말미암나니, 주여 그 사랑이 깊고 깊어 감히 무슨 말 하리오.

주께서 사랑하사 독생자 예수 이름 외에는 다 아무것도 아닙니다. 아멘. 할렐루야. 여호와는 나의 목자시니 내게 부족함이 없으리로다. 주여, 구원하시나이다. 셀라.

사람들은 다 각자의 십자가 지는 줄 알지 제대로 행치 아니한 탓입니다. 죄송하고 죄송합니다. 다시는 다시는 이 같은 실수와 사람 때문에 능욕당할까 두렵습니다. 내게서 주의 영광만 남게 하소서.

사람은 누구든지 자기의 영역을 침범하는 걸 굉장히 경계합니다. 주님의 때만이 저들의 마음을 엽니다. 제가 미련하여 그때를 제가 제 맘대로 한 다 내 죄입니다.

하나님, 이 모든 삶에 지혜를… 더욱 묵상하며 실천하여도 주 안에 율법과 지혜가 예수께로부터 난 것이 아니면 다 헛것입니다.

오늘도 하루에 그저 이 모든 고통 안에서 주의 돌보심입니다.

하나님, 매 순간이 지뢰밭입니다. 세상은 이미 전쟁 중입니다.

아멘.

하나님, 북한과 러시아, 김정은 푸틴이 자동 군사 개입 체결했습니다. 전쟁은 점점 현실이 되는데 정말 이제 전쟁이 코앞입니다.

하나님, 수없이 경고하셨습니다. 아무도, 교회는 특히 듣지도, 오히려 조롱했습니다. 이제 더 이상 전쟁은 피할 수 없을 것 같습니다. 윤석열, 김건희, 천공이 나라를 제대로 말아먹는 걸 더 이상… 전쟁입니다.

주여, 이러고도 이런 대통령에게 뭘 기대할까요?

여기에 평화는 없습니다. 그건 요행을 바라는 것과 같습니다. 역사는 기록할 겁니다. 이 모든 일에 교회 뒤 배경이 있다는 걸 저는 압니다. 그걸 밝힐 수가 없는데 이제 하나님께서 전쟁으로 갚아 주소서. 저들의 죄악을 멸하소서. 저들은 양들을 속이고 선한 내 백성의 혈세와 헌금을 빨아먹은 자들입니다.

다 쓸어 버려 주시고 다시는 우리 민족 앞에 이런 패악을 허락지 마소서. 할렐루야. 아멘.

주여, 이제 얼마나 많은 재산과 인명 피해를 볼지 참으로 걱정입니다. 하나님, 저를 병원에 병자로 넘긴 자들을 다 주께 고소합니다. 온누리교회, 엄마, 아버지까지 속여 나를 폐쇄병동에 3년을 가둔 박종원 교회 지인들, 다 그런 사람들입니다.

나는 절대 용서할 수도 해서도 안 되는 자들입니다. 주여, 주여, 제가 지난날 어떻게 그 고초를 당했습니까?

병원에서 폐쇄병동도 모자라 독방에 수십번 갇혔습니다. 날마다 날마다 눈물로 기도했고 저로 정말 병자로 착각할 만큼 스스로를 학대로 자살로 삶을 상상하던 저를 단 한 번도 주님은 제게서 눈을 돌린 적도 잊으신 적 없이 도우셨습니다. 주여, 예수원도 그 죄를 물으셔 저를 그곳에서 옮기셨고 대천득 신부님도 그 책임을 물으셔 작고하셨습니다.

나는 압니다. 그때는 몰랐습니다. 정말 주님은 양 한 마리를 찾으시고 교회와 예수원 기타 목사를 맡기셨을 때 그들은 제게 정신병자라 내 부모마저 그렇게 등 돌렸는데 살아남은 것 자체가 주님의 기적 같은 축복이었습니다.

다시는 교회 안에 저와 같은 피해자는 없어야 합니다. 이 모든 책임은 교회와 거짓된 목사 하용조가 시작한 일입니다.

이미 하용조는 죽었습니다. 내 부모에게 나를 교회에서 데리고 나가 달라 한 못된 자입니다. 그는 병으로 죽었고 처음 나를 서울대병원에 입원시킨 김행숙 소아정신과 닥터도 암으로 죽었습니다.

최자실 청평기도원 목사는 비행기 사고로 죽었다 들었습니다. 다 그렇게 천벌 받았고 이제 방관자 된 교회는 하나님의 경고와 말씀을 무시한 대가로 윤석열, 천공, 김건희 잔당 카르텔 집단과 함께 분명히 심판하실 겁니다. 저는 이런 주의 경고가 너무나 두렵고 떨렸으나 교회는 교만하고 듣지도 오히려 저더러 나가라 했습니다.

주여, 교회는 이 순간에도 주의 이름을 팔아 영업하는 가짜들이 이리 떼처럼 우리 주의 백성들의 영혼을 갉아먹습니다.

양들은 교회를 떠났습니다. 이 죄는 죄 중의 죄입니다.

전쟁 중에 다 심판하셔야 합니다. 답 없습니다.

하나님, 나의 하나님. 만왕의 왕 주 예수그리스도는 살아 계신 주이십니다. 두려움과 떨림으로 순종하는 자는 다 구원하소서. 아멘.

하나님, 오늘 정형외과 차병원 ○○○ 교수를 만나고 왔습니다.

정말 고맙습니다. 갑자기 심장에 불을 지펴 버렸습니다.

다시는 다른 사람 제 맘에 비집고 들어올 줄은 몰랐습니다. 사랑은 정말 사람을 살립니다. 마음에 생명이 용솟음칩니다.

하나님이여, 오늘 안 갔으면 어쩔 뻔했습니까? 주여, 제 나이 30살에 그분이 수술해 주고 꼭 30년 세월 묻어둔 사랑이 이렇게 그 사람의 한마디, "저 어디 안 가요. 여기에 있습니다." 참 고마운 그 한마디에 살고 싶어졌습니다. 그 사람이라면 저를 살릴 사람입니다.

하나님이 제 팔을 고쳐 주셨다 했고 그가 믿었습니다. 너무너무 소중하고 소중한 인연입니다. 내 맘에 사랑이 눈감았던 그 사랑이 저를 살리네요. 감사합니다.

주여, 나를 구원하소서. 아멘.

하나님, 윤 대가리 우크라이나 객기로 무기 지원할 놈입니다.

그걸 빌미로 푸틴은 북한과 한국 전쟁할 겁니다. 주여, 이걸 어떻게 하나요?

주여, 내 백성이 얼마나 죽어야 할까요? 주여, 주여, 지금 온 국민은 불안합니다. 저도 너무 무섭습니다. 큰일입니다. 세상에 자기 국민을 대상으로 싸움판 벌인 것도 모자라, 전쟁하겠답니다.

주여, 주여, 저는 아무 능이 없어 기도밖에 할 줄 몰라요.

하나님, 어떻게 내 백성 대한민국 국민은 이제 누가 지킬지… 오직 모세 같은 사람 없어 자기 백성에게 총부리 겨누는 북한 김정은 같습니다. 요지부동입니다.

주여, 이 폭주 전차를 꺾어 주소서. 내 백성은 착하고 어진 백성입니다. 불쌍히 여기시고 도와주소서. 하나님 이름을 위해 어진 내 백성 살길을 열어 주소서. 아멘.

하나님 제가 왜 이렇게 화가 나는지 참을 수가 없어요. 답답합니다. 참으로 한심합니다. 나라도, 교회도, 우리 집도 다 답답하고 화가 납니다. 어떻게 할까요?

하나님, 도와주십시오. 다 뒤집어엎어 버리고 싶습니다.

짜증도 너무 납니다. 불쾌지수 100% 되는 날입니다.

갱년기 때문에 더 그런 것 같아요.

하나님, 어떻게 저도 이제 많은 사람들은 전쟁 말하는데 교회는 안 난다고 합니다. 주여, 참 교회의 오만과 교만은 끝이 없습니다.

주여, 어떻게 교회는 이리 목이 곧을까요?

지금 많은 사람들이 걱정하는 전쟁 시나리오를 교회만 부인합니다. 참으로 교회는 그 패악이 끝이 없습니다.

하나님을 두려워하지도, 음성도 안 듣습니다. 참으로 교만하여 스스로가 하나님의 권세를 탐하는 곳입니다. 정말 미친 집단입니다.

교회도 양심적인 사람들은 다 떠나고 있는데도 오직 그들만 잘나고 특혜라고 착각하는 무리입니다.

하나님이여, 이제 저는 아무것도 아는 것이 없습니다. 전쟁이 나도, 아니 나서 윤석열 정권 쳐부수고 나라가 바로 된다면 그것으로 족하나이다.

아버지여, 윤석열 집단을 일벌백계로 다스리소서. 아멘. 할렐루야.

하나님, 나의 하나님, 세상은 연일 전쟁으로 기후 이상으로 몸살 하면서도 주를 바라지도, 찾지도 않네요. 참으로 점입가경으로 답답하기 그지없습니다. 엄마가 가셨기에 그립고 보고 싶습니다. 목이 메입니다.

    그러나 주여, 엄마가 아니 계셔 가능한 것이 너무 많습니다. 감사입니다. 주님 참 은혜요 특권입니다.

    주여, 내 주여, 그저 삶에 무슨 일이 있을까 염려하여도 뛸 듯이 기뻐하여도 다 주 안에 아무것도 아닙니다. 내 삶에 오직 주만이 전능하신 왕이요 전부입니다. 할렐루야, 고맙습니다.

    주의 인자가 곧 오실 때 저를 불쌍히 여기사 살리소서. 보응하소서. 내 주여 나는 주의 것 전부로 또 하루를 삽니다. 아멘.


뜨겁다

사랑도 미움도 증오도

다 전쟁

세상은 오늘도

허망한 것

눈멀고 귀 막아

그렇게 달린다

이 폭주 전차는

아무도 막을 길이

없는데


울어도

분을 내어도

누가 막을까

임이여

임이여

다 보시고

이제 이 땅의 환란

불구덩이를 피할 수 없는

뜨거운 눈물이

흐르는데


꽃은 피었다

시들어도

아직도 못다 한

임 사랑 끝이

없구나.


임이 오실 때

문 앞에 피는

모든 것이 다 화로다.

하나님, 요즘은 참으로 다 덧없습니다.

동생도 혼자 된 아버지도 보니 다 헛됩니다.

어머니가 가셔도, 와이프가 왜 딸을 그렇게, 누나는 왜 남기고 갔는지 생각지 않는 사람들입니다.

하나님 저는 정말 홀로입니다. 주님밖에 없습니다. 그렇게 주를 전하고 사랑을 주어도 감사는커녕 오히려 패악으로 갚은 사람들입니다. 이제 정말 아버지 인생, 규웅이 인생 남보다 못하고 진짜 힘듭니다. 가족에 대한 의무감마저 박탈감뿐입니다.

하나님, 참으로 미련한 자들입니다. 참 미련한 자들입니다.

정말 위선자들입니다. 이제 정말 가족이란 이름 때문에, 책임감 명분도 의무감으로 돌아본 명분이던 자식, 누나, 더 이상 없습니다.

주여, 이제는 다 갚아 주소서. 나는 도무지 저들을 이제 알지도 듣지도 보지도 못하는 사람들입니다.

나 살던 옛날 옛적

울 엄마

고아 그리운 추억

그리도 그 시절

보고픈 울 엄마


연탄난로

보리차 끓어오르면

옹기종기 모여

그리도 그 시절이

그리운 울 엄마는

이제 저 하늘

별이 되셨네.


하얀 모시적삼

팔아

어디도 없는

내 이름 넉 자

부를 것 같아


절절한 사모곡이

슬퍼 우는

옛날 옛적 집 짓던

울 엄마

엄마 엄마 보고 싶어

눈멀면

그땐 나도

엄마별 되겠지.


보고 싶은 울 엄마

나 두고 어찌 가셨을까

그리운 울 엄마

꿈에라도 보고 잡네

울 엄마!

하나님, 감사합니다. 어제오늘 너무너무 피곤했는데 좋은 새로 만난 여한의사 선생님 덕분에 침 맞고 쉽게 피곤이 체한 게 가시고 잠이 오네요.

이제 나라도 가족도 다 싫습니다. 자신들 이해관계 아니면 상관없는 사람 취급하는데, 더 이상 신경 써 배려해 주어도 감사는커녕 오히려 자기들이 하나님인 사람들입니다. 아버지도 이제 곧 가십니다.

처음 겪은 고아 같은 내 인생에 하나님 아버지 가시기 전에 좋은 사람 만나 아버지께 소개하고 싶습니다. 그것밖에 효도할 게 없어요. 엄마, 우리 엄마, 그리운 우리 엄마… 하나님 품에서 편히 쉬시게 인생 살면서 어두운 과거 다 회복시키시고 살리소서.

인생 주가 아니면 다 헛되고 헛된 최악입니다.

돌이켜보면 내 인생 주가 아니면 설명할 수도, 해서도 안 되는 최고의 인생은 주님의 선물이었습니다.

태어날 때부터 사연이 슬픈 인생을 스물일곱에 주님을 만나 누명 벗겨 달라 하신 음성 이후로 어머니가 2022년도 9월 9일 추석 전날 알몸으로 욕조에서 가실 때까지, 불면 꺼질까 고이고이 길러 주신 나의 주, 나의 하나님이 주신 제 삶이 완전히 바뀌었습니다.

보라, 옛것은 지나가고 새것이 되었도다.

정녕 다 새롭게 하신 주를 찬송하나이다. 예전에 어떻게 그 수모와 천대를 참았을까요? 주님이 하셨습니다.

난 그런 주님이 이제 저 자신, 저의 생명입니다. 나의 주, 나의 하나님이여, 날 인도하사 날 구속하시고 이제 저와 같은 동역자를 배우자를 주소서. 거룩하신 하나님, 날 구속하자 복을 주소서. 아멘.

하나님, 가만히 인생을 보니 성경 말씀이 진리요 생명의 예수그리스도 주신 사랑입니다.

내가 태어날 때부터 내 아비는 참으로 저의 원수가 되었으며, 동생은 그렇게 또한 원수를 자처하였습니다. 아비와 돌아가신 어머니와 제가 그를 위해 무수히 참았으며, 다 양보하였습니다. 그러나 그 자식은, 동생은 다 버리고 제 자식과 와이프를 위해 가족을 다 버리고 사는 삶 같습니다. 그렇게 만든 건 아버지입니다. 그 자식만 편애하고 사랑하여 자초한 일입니다.

하나님, 제가 아무리 말로 때로는 수모를 참아도, 감사는커녕 오히려 제 인생에 짐을 얹고도 사과할 줄도 모르는 아비요 동생입니다. 엄마 혼자 나 감싸다 희생하다 병들고 아파 가신 울 엄마는 하늘에서 하나님 곁에서 다 보고 계십니다.

하나님, 저는 이젠 정말 모릅니다. 그냥 제 삶이 버겁고 무거워 정말 지친 이 몸이 주께 의지하오니 주여, 불쌍히 여기시고 날 구원하사 이제 미련 없습니다.

이 나라에서 저를 옮겨 주소서. 나를 구원하소서.

나는 주님밖에 없습니다. 오직 주만이 나의 구원 요새시요, 반석이시니 날 살리사 보존하소서. 아멘.

하나님, 저 진짜 이민 가고 싶습니다. 어떻게 해야 가는지 아무것도 몰라요. 주님, 이 길이 주님 뜻 가운데 주신 길이면 모든 길을 인도해 주시고 도와주시길 기도합니다. 진짜 대한민국 싫어요. 떠나고 싶어요. 미련 아무것도 없어요. 도와주세요.

누구를 만나 어떻게 도움을 받아야 할지 주님이 다 주관하시고 인도하시길 부탁드립니다. 주여, 불쌍히 여기시고 구원하소서. 아멘.

하나님, 요즘 온몸에 통증으로 아프고 짜증도 자주 납니다. 그럼에도 예전에는 나에 대한 정확한 보호 본능으로만 상처에 불감증처럼 마취 상태로 늘 죽음을 생각하고 아무것도 대책 자체가 묘연하던 때랑은 다른 것만 생각해도 그래서 감사할 뿐입니다.

내가 얼마나 존귀한 존재인지 모르고 자학하면서 내가 내 존재를 부인하지 않는 것 자체가 '살아 있음'입니다.

그걸 인정해 주실 우리 엄마가 안 계신 것이 너무너무 안타까울 뿐입니다. 하나님, 우리 엄마를 이제 공중에서 주님 오실 때 만나기를 소원합니다. 엄마가 너무너무 그립고 그립습니다. 평생을 나 하나 때문에 아파하신 울 엄마 가시고 세상이 가족이 어떤 것인지 처절하게 배웠습니다.

하나님, 우리 엄마를 이제 공중에서 주님 오실 때 만나기를 소원합니다. 엄마가 너무너무 그립고 그립습니다. 평생을 나 하나 때문에 아파하신 울 엄마 가시고 세상이 가족이 어떤 것인지 처절하게 배웠습니다.

하나님, 우리 엄마 하늘의 별이 되어 주님 곁에서 날 지켜보고 계시겠지요? 하나님, 우리 엄마는 내 인생에 마지막 증인입니다. 내가 주님의, 예수그리스도의 산증인이듯이 주여, 저의 어머니를 고이 품어 주시길 부탁드립니다.

우리 어머니는 오로지 혼자서 저를 키우셨고 그렇게 평생을 사시다 가셨어요. 나는 우리 엄마가 가시고 예전에 그 곱던 우리 엄마 다시 만났습니다. 내 안에 어머니가 그렇게 예수 이름으로 주와 함께 사세요.

하나님, 우리 엄마 생전에 좋아하시던 음식, 습관 다 닮아 가요. 이것은 참 유전의 계승의 참비밀입니다.

참으로 영광이요, 감사합니다.

주 안에 주신 것 다 그렇게 은혜요 축복입니다. 아멘.

하나님, 오늘은 참 하루가 계속 비가 오네요.

　나라도, 가족도, 교회도 다 내려놓습니다.

　세상은 참 온통 사람의 지뢰밭입니다. 날마다 간구하지 않으면 이 전쟁 같은 살얼음판에서 늘 죽어야 합니다.

　오늘, 이번 주 장마에 폭우에 또 얼마나 인명과 재산이 피해가 날지 알 수 없고 나랏빚이 보통 심각하지가 않습니다. 주여, 사는 게 답답하여 죽을 것 같아도 주를 위해 삽니다.

　날 구원하시고 살리신 주여 내 조국을 부탁드립니다.


<조국>


아아!

슬퍼도 울지도 못하는구나

아리랑 아리랑

부르던 고개가

오천 년

내 조국

내 어머니가 잠들고

그렇게

굽이굽이 지나온

세월 한도 많아

피를 토하는

내 조국이

하늘도

우러러 우는구나

아아

대한민국

다시는

내 나라에

전쟁도 비극도

없는

무궁화 피고

세우는

그런 조국

보고 싶구나.

하나님 나의 하나님.

윤석열, 김건희가 죽어야 주님, 이 나라가 삽니다.

의사 증원이 아니라, 폐업하게 생겼습니다. 이런 환경에서 누가 의사를 할까요? 나라가 오합지졸입니다.

환자 단체가 이번엔 일어났습니다. 어찌 내 나라가 이렇게 망가졌습니까? 주여, 도무지 끝이 안 보입니다.

삼성전자 노조들은 진짜 간첩입니다. 말아먹으려고 작심했습니다.

대한민국 현실입니다.

주여, 저는 저 때문에 더 이상 울지 않아요. 요즘은 나라의 현실이 암울해 우네요.

하나님, 저를 옮겨 주시든지 저도 엄마한테 주님 계신 곳에 편히…
주여, 나를 살리소서.

내가 죽어야 나라가 살겠습니까? 도무지 절망뿐 이 나라 눈 뜨고 못 보겠습니다. 주여, 윤석열 김건희를 죽이시든지 저를 옮겨 주시든지, 대한민국 윤석열 때문에 나라가 망했습니다. 나는 도무지 믿어지지 않습니다. 시민, 의사, 노동자 선생, 간호사, 장애인 다 못 살겠다는데 윤석열만 저러고 신선놀음입니다.

하나님, 하나님, 저들의 짓거리를 끊어 주소서. 아니 그러면 저와 당신의 백성이 다 죽습니다. 비는 오는데 인명피해는 심각한데 어떻게 해야 합니까?

하나님이여, 하나님이여, 윤석열 김건희 짓거리를 끊어 놓지 않으시면 온 백성이 다 죽습니다.

나라를 살려주소서. 나라가 망하면 저도 없습니다.

하나님 나라를 살리소서…. 아멘.

하나님, 오늘도 오전이 다 갔어요.

나라가 망했습니다. 독도도 내주고 일본에 오염수 방류 내주고 채 상병 나라를 지키다 순직한 자는 침묵하여 그 한이 서리서리 맺히고 검찰총장은 이원석은 권력 비리 수사 비겁하여 김건희 윤석열 그 많은 증거에도 소환도 받지 아니하면서 이재명 부부는 무혐의에도 끝난 일 같은 지난 일, 좌파 몰이로 국민을 언론으로 속이고 날마다 소환하겠다고 이재명 방탄이라는 말도 안 되는 주장합니다.

설사 좌파라 치고 그가 암살 미수에도 그는 언론에서 인터뷰할 때 국민의 안전을 걱정한 사람이 윤석열 김건희 방탄과 비교도 안 되는 법도 비웃듯 미국 하와이 도피로 채 상병 거부권에 임성근은 무혐의 한동훈 김건희 불륜 문자 카톡으로 나라를 국짐당 바보들한테 입으로 정치 시키고 저는 김건희랑 하와이 놀이 정상회담 핑계는 잘도 대는….

하나님이여, 이 정치 개판 치고 국민의 생존권과 안전 내팽개치고 날마다 해외 순방 도피하는 이 파렴치범은 언제까지 살려두셔야, 주여, 이 나라 고통이 끝날까요?

국민은 장마에 대전의 한 마을 침수라는데 이게 가짜 보수의 행패요 가짜 교회의 현주소로 키운 괴물의 까도 까도 나오는 이 미친 정부는 도대체 언제까지 봐야 하나요?

이 두 사람의 국정농단이요 거짓말로 국민의 혈세로 아프리카 가나 6조 빚 청산 국민의 혈세를 제 돈 지갑 쓰듯 쓰는 정신 나가고 그저 하는 일은 술 처먹고 김건희 놀이 꼭두각시 하는 이자를 왜 주여 아직까지 살려두셔야 합니까?

국민은 지금 빚더미에 먹지 못하고 하루에도 죽을 고비 넘기며 몇 푼 벌겠다고 겨우 장사하고 공무원 회사원 다 죽습니다.

하나님, 이 바로 같은 더러운 인간을 언제까지 봐야 합니까?

누가 그랬습니다. 윤석열 안 보는 게 안보 맞습니다.

제발 멈춰 주소서. 그를, 그런 놈을 멈추소서. 주여, 부탁합니다.

하나님, 오늘은 윤석열이가 기시다 쪽발이한테 나라를 통째로 판 날입니다. 우리나라는 핵 보유 바이든에게 포기 선언했습니다. 조약했습니다.

이빨 빠진 호랑이입니다. 저는 참을 수 없는 허탈함, 슬픔, 분노에 절망하여 서울 리마인드 병원에 전화하고 씻고 바로 갔습니다.

정말 고생고생해서 갔어요. 단 10분 상담, 육천 원 받기 위해 그 의사 한 건 아무것도 없었어요. 차라리 오란 말 기대가 크지 않아 살짝 화가 났지만 큰 걸 배웠습니다. 인간은 절대 절대 믿어서도 믿어 달라, 저 같으면 제가 나라 슬픔에 울었어요. 진심으로 그런 저를 그들은 그렇게 보낸 겁니다. 그게 인간의 본능적인 반응입니다. 인간은 정말 잔인한 동물이라기에 어떻게 그렇게 제가 그렇질 않아 납득이 안 됐습니다. 그런데 알 것 같아요. 그래서 인간은 하나님 창조하신 이래 노아 때 심판 때 인간의 창조를 후회하셨다고 하셨나 봅니다. 인간들이 제 진심을 알았다면 그랬더라면 알더라도 모른 척하는 게 부담스러우면 등 돌리는 인간의 이기심에 지능적인 것이 의사들 참 지능적 지성인들입니다.

배우면 배워 우리 예수님 등에 칼 꽂습니다. 진심으로 사랑하는 자들도 없으며 진심으로 회개하는 자도 없는 대한민국입니다.

하나님이여, 저는 이제 다시는 나라를 위해서도 그 어떤 인간의 진심 어린 목숨 건 기도 못 합니다. 아니, 두 번 다시는 못 할 것 같습니다.

저는 1989년 동부 이촌동 왕궁 APT 살 때 하나님이여, 나라가 돈 때문에 하나님을 못 믿으면 나라에 모든 돈을 거두시어 하나님을 제대로 믿게 하소서.

한 것이 2024년 윤석열 앞에서 이루시고 이제 저는 우리 주님의 아픔에 웁니다. 우리나라 헌정사에 박정희 대통령 세우시고 어떻게 나라에 한강의 기적이 주의 그 증거를 허무는데 윤석열은 2년밖에 안 걸려 다 해 먹고 나랏빚이 최고랍니다.

그리고 이 나라에 일제강점기가 부활하고 있는데 제가 하는 말과 돈이 그들은 조롱거리로 만듭니다.

야당은 국민 투사로 등에 없고 헛된 싸움, 윤석열 쿠데타 신사적인 방법 안 된다 하여도 이재명 대통령 만든다고 여념 없고 정말 하나님 율법 아래 국가적 회개로 상복 입고 주의 이름으로 행하는 자는 야당도 아닌 것 같습니다.

뻔히 알면서 나토 정상회담 가는 걸 막지 않으며 탄핵 노래로 국민들 앞세우고 두 당이 이재명 한쪽은 죽이고 한쪽은 세우겠다 합니다.

재 묻은 개는 야당이요 똥 묻은 개는 국짐당 윤석열 부부입니다. 하나님 어떻게 심판치 아니하시겠습니까?

대한민국은 오늘 저는 진짜 접습니다. 제가 나라를 위해 금식하고 기도할 때 교회는 함께하지도 않았으며 오히려 저와 상관없다 하였습니다.

주여, 주여, 이제 불을 일으키사 다 멸하소서. 나라는 망합니다.

소생의 기미가 전혀 없습니다.

야당 여당 이제 국민팔이로 나라 구할 인물 전혀 없습니다.

아니, 많아도 너무 많아 배가 산으로 갑니다. 저는 이제 하나님의 백성으로만 살기로 합니다. 제가 다 허망하여 다 포기합니다. 분노도 없습니다. 그냥 절망입니다.

국짐당은 서로 폭로전 미친개처럼 국민을 날마다 물어뜯어도 저는 이제 모릅니다. 야당은 국민을 방패로 매일매일 파수꾼의 경성함이 허사로다 하신 주의 말씀을 생각하게 합니다.

내 나이 예순둘에 이런 정국을 보리라고는 전혀 상상조차 해 본 적이 없습니다. 국민들은 죽겠다 아우성입니다.

진짜들은 이름도 빛도 없이 묵묵히 진실로 걱정해도 하는 말은 저와 같이 나라 꼴이 뒤집어져야 한다고 동의합니다.

이게 하나님 아버지 심정이지요. 제가 오늘은 많이 울었습니다. 주의 이름으로 고통스러운 하루가 갔습니다. 술도 마셨습니다.

저 허락 받았습니다. 다시는 오늘 같은 비극적 현실과 마주하고 싶지가 않습니다.

하나님, 주여, 어디에 계십니까?

나라 어디에 숨으셨습니까?

이제는 정말 숨으셨습니까?

그동안 저는 육십 평생 넘도록 남들을 생각하며 살았습니다. 부모 형제에게 양심적으로 부끄럽지 않게 희생했습니다.

어머니 가시고 오물 다 뒤집어써도 참았고, 다 과거 27살부터 내가 죄인인 줄 그렇게 구박덩어리 미운 오리 새끼로 살았습니다. 그래도 저에게는 작은 희망이 있었습니다. 언젠가는 변하겠지, 나라도 교회도 정말 죽을힘을 다해 충성, 하나님 이름으로 바른말도 했습니다. 나라도, 교회도, 가족도, 사랑하는 이성을 만날 때도 저는 전심으로 섬겼습니다. 알아주나 안 알아주나 진심으로 대했습니다. 주께 하듯 정말 온 정성 다했습니다. 이제 주 안에 다 포기합니다.

제 맘을 몰라 줘서가 아닙니다. 도무지 주께로 온 자로 나라도 가족도 사랑하는 진짜 남자도 없습니다.

아니, 그들은 알더라도 공짜로 받으려 합니다. 저와 하나님의 그 핏값에 소중한 희생을 아주 날로 먹으려는 악을 버릴 사람들이 절대로 아닙니다.

하나님, 그래서 저는 이 맘 그대로 지키고픈 나만 생각하는 하나님 뜻대로 살기로 합니다. 그래서 이제 그 누구의 안부로 아무것도 궁금해하지도 걱정도 다시는 안 합니다.

그동안은 설마 돌아오겠지 희망이 있었습니다. 이제는 절대로 제로입니다. 그리고 이들은 저의 이 피눈물의 중보기도 받을 자격 더 이상 없는 족속입니다. 이제는 불로 심판하소서. 일본에 팔아먹든지 전쟁이 나든지 백두산이 폭발하든지 오로지 돈에 미친 사람들 눈에 보이는 건 그런 겁니다.

주여, 이제 정말 주 뜻대로 하소서. 소돔과 고모라는 의인 10명이 없어서 멸망했습니다. 진심으로 절감하는 하루입니다.

다 멸하소서. 싹 다 갈아엎어 주소서. 이제 저는 도무지 저들을 알지도 보지도 못한 사람들입니다.

주여, 심판하소서. 다 갚아 주소서. 아멘.

하루 종일 쉬었습니다. 모든 걸 내려놓고 찾은 휴식 같은 날이 시작이길 빕니다. 하루하루 감사한 날이길 하나님께 기도합니다.

요즘은 우리 아버지와도 정말 감사한 통화를 합니다.

나라도 교회도 사랑도 가족도 다 내려놓고 얻은 것들입니다.

생각해 보면 야당 핑계입니다. 총선 이겼을 때 그때 윤석열 목을 쳤어야지요. 그저 국민들만 괴롭습니다. 법사위 탄핵소추안 오늘 유튜브로 보았습니다. 이렇게 그리운 박정희 대통령입니다. 그는 그가 총대 메고 쿠데타 했습니다. 다 샌님들입니다.

날짜 지나면 발 빼고 진짜들 다 감옥에 넣고, 검사들이 윤석열 바보입니까. 그냥 멈췄어야지요. 아무도 없어요.

그리고 국민들 보고 함께하자 할 야당 아닙니다. 너무너무 육십 평생 올인하고 산 게 다 헛수고입니다.

그래서 주만이 구원이요 반석입니다.

윤석열 끌어내리고 법 따져야지, 법으로 윤석열 절대 못 끌어내리고 일본 놈 손에 넘어가면 그때는 늦은 겁니다. 때가 있는 건데 하나님이 아십니다.

일본 놈들이 어떤 놈들입니까? 나쁜 놈들입니다. 천벌, 심판받아야 저들의 대한민국 야욕을 못 끊는 못된 왜구들입니다.

주여, 당신만이 36년 일제강점기 저도 말로만 들은 그 일을 주님은 아시기에 히로시마 원폭 같은 싹쓸이가 일어나야 윤석열이 지옥 갑니다. 멈춰 주소서. 멈춰야 대한민국 삽니다. 그 모든 걸 주님께 드립니다. 받아 주소서. 할렐루야. 아멘.

날씨가 참 뜨겁습니다. 하나님 나라의 시국도 화산처럼 뜨겁고 분노로 하루도 편한 날이 없는 나라가 윤석열 김건희 탄핵 원합니다. 하나님, 저만 생각하고 사는 것도 쉽지는 않네요. 오늘 규웅이와 통화하고 드는 생각입니다.

규웅이도 정신과 상담했으면 좋겠습니다. 절대 할 사람은 아니지만 주여, 저 좀 옮겨 주시길 기도합니다. 저 외국에 나가 살고 싶습니다.

어디서 어떻게 누구와 상의를 해야 할지 너무너무 막막합니다. 꼭 만나야 할 사람을 만나 주의 진짜 도움을 줄 그런 사람 만날 수 있게 도와주시길 간절히 기도합니다.

어떻게 길을 가야 할지 정말 막막하고 막막합니다. 하나님 도와주소서, 도와주소서. 할렐루야. 아멘.

하나님, 오늘 이승엽 선생님과 정말 좋은 상담과 시간 보냈어요. 이승엽, 정말 좋은 사람 같아요.

내 말을 잘 들어주고 결정적으로 필요한 해결을 잘 제시해 주고 정말 감사합니다. 글쎄 하나님, 이 사람 좋은 관계 유지하고 싶어요. 이제 사랑이라는 단어는 참 무섭습니다.

어질고 지혜로운 사람 같아요.

8월 9일에 만날 때는 좋은 참 아름다운 시간들 되기를 소원합니다. 하나님 아버지, 나는 당신 없이는 아무것도 아닙니다. 그냥, 그냥 주심 주신 제 삶이 이젠 너무나 소중합니다. 고맙습니다. 하나님 이 사람 참 오래오래 갔으면 좋겠습니다.

감사합니다. 이제 저에겐 주만이 전부고 주님 주신 소중한 인연들이 그렇게 소중할 뿐입니다. 고맙습니다. 오늘도 저녁에는 비가 온답니다. 국민들의 안전을 부탁드립니다. 우리 하나님만이 가능하십니다. 아멘.

쏟아지는 폭우

쏟아지는 눈물

하늘에서는 돌풍이

땅에 쏟아지는

이 절망이 우러러

작은 꿈이 됩니다.


거리를 다니는

누구도 아닙니다

하늘은 쏟아지는

빗줄기에

아직도 피는 꽃이

있습니다

사랑입니다.


침묵할 때도

절망할 때도

들을 수 있는

풀잎 하나

내밀고 피는

들꽃 같은

야생화 피었습니다.


심장이 뛰는

설렘 안고

입을 열고

얼굴은 그럼에도

수줍은 각시꽃처럼

가슴은 뜁니다.


시청에도

광화문에도

온 땅에 피고

뛰었습니다.

날씨가 덥고 국민들은 하루빨리 탄핵을 바라고 탄핵을 하나님 외칩니다. 대한민국은 중국, 일본, 러시아, 미국, 강대국 때문에 남북이 일본 을사늑약으로 36년 속국으로 살면서 그 원인으로 나라가 두 동강이 나고 6.25 전쟁 나고 70년이라는 세월을 휴전국으로 삽니다. 하나님, 그것도 모자라 그걸 이용, 정권 잡고 대통령 해보겠다고 서로 물고 뜯는 국민의 암 덩어리 국짐당은 서로 대표하겠다고 서로 폭로전에 이재명 한 사람 잡겠다고 날마다 혈안이 되어 검찰이 소환을 벌써 수십 차례 하면서 도이치모터스 주가 조작, 채 상명 특검 거부와 디올 백, 너무나 더러운 비리는 수사도 안 합니다. 국민의 청원이 140만을 넘어도 국회의원들이 법사위 출석요구서도 길바닥에 내던지고 이재명 피습한 암살범은 배경도 안 밝히고 겨우 15년 구형입니다.

하나님, 어찌하시렵니까? 이 정권은 언제 무너집니까?

정말, 윤석열, 김건희 죽었다 소식 듣고 싶습니다. 절실합니다.

미국은 트럼프 후보가 피습되는 순간 암살범은 그냥 총에 죽었습니다. 범죄도 정부의 농단에 따라 우리나라는 지금 정상 아닙니다.

주여, 이 모든 일에 주권자이신 하나님이 제발 저들의 목을 꺾어 멸하시길 간절히 기도합니다.

어떻게 국민은 죽어라 나라에 더 이상 충성을 합니까? 국민은 하나님께서 어찌 이리도 그냥 보고 계십니까?

의사, 카이스트 국회의원 입틀막 한 것도 모자라 방통위원장 이진숙을 내정해 장악하고 다 말아 먹겠다는 이 정권, 도대체 그 뒤 배경이 밝혀져야 합니다. 사이비 종교와 관련된 천공이라는 자는 나라를 주무르듯 정부에 깊이 관여하고 단군이래 이런 일이 또 있을까 합니다.

주여, 나라를 살리소서. 저는 8월 6일만 기다립니다.

하나님이 주신 중요한 날입니다.

그날에 무엇이든지 오직 주의 이름으로 허락하사 나라를 살려주셔야 합니다. 이 나라 미친 마귀가 다 떠나야 합니다.

하나님 아버지, 구원하소서.

대한민국 풍전등화입니다. 오랑캐와 왜놈이 눈에 불을 켜고 북한까지 이 작은 나라를 죽이려고 합니다. 살리소서, 주님의 뜻 가운데 살리시길 간절히 기도합니다. 아멘.

하나님, 비가 엄청 와요. 나라가 큰일입니다.

하나님, 돈 문제 해결이 될 것 같습니다. 감사합니다.

나라 여기저기 비 피해와 오산도 지금 특보입니다.

하나님 기도와 함께 오직 예수의 능력을 주시니 참으로 감사합니다.

오늘은 머리를 했습니다. 참 감사합니다.

주의 특별하고 특별한 은총입니다.

하나님, 저는 이제 더더욱 주바라기입니다.

온 우주의 주인이요 존재 자체이신 만군의 여호와 나의 하나님, 오늘도 그저 감사입니다.

감사합니다. 주의 영광이 온 땅에 충만하길 기도합니다.

할렐루야, 아멘입니다.


비가 옵니다

절절한 궂은 비가

구슬퍼 옵니다

바람은 불고

다시 떠오른

태양이 내밀고

작열한 뜨거운

분노가 타오르는 날


거리는

밀리는 파도가

옵니다

님이여

조국이여

이날을 기억하고

정녕 다시는


이날을

허락지 마소서

님이시여


하늘을 우러러

잠에서 깨어

다시는 다시는

허락지 마소서

봄이 오고 있음을
지난 혹독한
겨우내 짊어진
그림자 하나

이제 잠에서 깨어
봄이 오고
태양은 떠올라
찬란하여야
합니다
님이시여
조국이여
깨어 일어나
기다리는
봄입니다
봄입니다.

오늘은 일찍 새벽에 깨었습니다.

규웅이에게 문자 보냈는데 확인을 안 하네요. 은근히 걱정이 됩니다.

하나님, 저에게 심지 굳게 하시고 규웅이도 마음에 평안을 주시고 메시지를 확인하고 평안하기를 기도합니다. 참으로 불쌍하고 불쌍한 사람입니다. 그저 하나님 함께하시길 부탁드립니다.

다 힘들겠지요. 다 힘들어요 하나님.

주 없이는 살 수 없는 것 절실합니다.

주여, 영육 간에 강건하게 하시길 부탁드립니다.

주여, 은혜를 주소서. 불쌍히 여기시고 도와주시어 굳세게 하시길 기도하오니, 오늘 하루도 주와 함께 승리를 부탁드립니다.

세상은 다 부질없는 허망함뿐입니다. 아멘.


규웅이가 주일 온다네요. 기도하고 준비하고 진짜 도움, 주께서 주시는 음성으로 좋은 시간 되도록 도와주세요.

부탁드립니다, 하나님.

하나님, 안녕하세요. 저 애리자예요.

오늘은 새벽부터 일찍 일어났어요. 아버지께 전화하고 빨래 널고 샤워하고 이렇게 예수님 이름으로 하나님께 편지를 드려요.

하나님, 지난날을 생각해 보면 정말 어떻게 살았는지 정말 기적입니다. 그리고 우리 아버지가 92살, 제가 올해 62살이네요. 그러다 보니 참 사연도 너무너무 많습니다.

전날에는 골이 깊어 아버지 삶에 대해 생각한 적이 객관적 시선이 부족했어요. 요즘은 아버지도 많이 예전 같지가 않아 저를 편하게 해 주시니 어디 적당한 곳에 땅 사서 예쁘게 집 짓고 아버지랑 살아도 괜찮을 것 같아요.

규웅이는 뭐라 할지 모르지만, 지금 아니면 규웅이도 노후가 막막합니다. 시골에 집 지어 아버지 모시다 돌아가시면 고향 삼아 평생 주만 바라고 사는 것도 괜찮을 것 같아요.

남자 아무것도 아니더라고요. 저와 같이 이 길을 갈 사람은 없어요. 쉽지 않아요. 요즘 남자들은 편하게 돈 벌어 사는 것, 진짜 주를 만나 십자가에 겸손히 기도하는 사람은 찾을 수가 없어요.

다 정신적이든 육체적이든 다 바람피웁니다. 지능적이냐 아니냐 차이일 뿐입니다. 그럴 바에는 울 아버지 모시는 게 내 인생 차라리 복이겠다 싶네요.

하나님, 주여. 이 생각에 주의 뜻이 있다면 모든 것 시작부터 끝까지 주께서 인도하시길 부탁드립니다.

내일은 우리 규웅이랑 대화할 때 온전히 주께서 함께해 주셔서 행복하고 즐거운 시간 되고 서로 협력하기를 부탁드립니다.

내 주는 영이시니 모든 행사의 주인이십니다. 함께하시길 간절히 예수그리스도 이름으로 부탁드립니다. 아멘.


<엄마>


엄마, 울 엄마

가실 때도

실오라기 하나

남김없이

그렇게 오로지

자식인 거네


엄마

너무 눈멀도록

그리운데

비가 오네

바람도 부네


아파서

자꾸만 흐르는

눈물이

야속하네


그리운 울 엄마

보고 싶다.


말 못 하고

쏟아지는 빗속

쏟아 아무도

모르게


아아

유난히 고운

울 엄마

하얀 모시

치마 저고리

못 잊어

흐르는 눈물

그리워도


무지개 강 건너

언제 따라가

뵐까

엄마, 엄마, 엄마.

하나님, 하나님, 오늘도 주께서 함께하시고 동생과 대화와 만남의 십자가를 세우시고 주 예수를 믿으라 그러면 너와 네 집이 구원을 얻으리로다 하셨습니다.

저는 오직 그 말씀과 함께 이 모든 생각에 기도로 준비한 것 주께서 살리시길 간절히 기도하오니 주여, 환란을 면케 하시길 간절히 부탁드립니다. 저에게 함께하시고 동생을 구원하소서.

오직 주만이 나의 구원 나의 반석이시요, 요새시니 내가 주의 날에 보존되게 하사 나의 죄와 허물을 다 동에서 서에서 먼 것 같이 주께서 사하사 나와 내 아비와 동생을 살리소서. 아멘.


떨어질 때입니다

그리고

그때가

다시 필 때입니다.

인생에

그렇게 갑니다

씨를 뿌리고

자라

수확할 때입니다.


임이 가고

다시 못 올 그때도

남아 기다릴 때입니다

사랑하기에

기다릴 때입니다.


하나님, 이제 다 끝났습니다.

규웅이는 제 말 안 들었어요.

나머지 5,625만에서 85만 원, 10월 31일까지 기한 내 줄 때까지 받고, 그것 제하고 나머지 목돈 받고 연락 인연 끊었어요.

이제 정말 주인은 하나님뿐입니다. 주님이 다 하시고 주인 오직 뜻입니다.

할렐루야, 거룩하신 주여. 정말 진심 감사합니다.

하나님, 이제 다 주님의 뜻 안에 모든 행사를 주관하시어 도와주소서. 아멘.

화려한 말과

화려한 언행은

독버섯과 같아

유혹하고

인생은 그런 자들로 가득하여도

간혹

가다가 스치는

바람처럼

만나는 그런

침묵하고도

간절한 기도

임이 계신

빛은 있더이다

그곳이 좋아

나 또한 그저

침묵하여도

들으시는

하늘에 별도

그렇게 빛이

되는 줄

화려하지도

않아

있는지 없는지

몰라도

그저 듣는 귀

보는 눈이

있는 줄

인생은

그런 줄 이제

다시는 건널 수 없는

오직 진실입니다.

하나님, 우리 아버지 또 하루가 시작되었습니다.

하나님 나는 하루하루가 그렇게 가는 것에 대하여 늘 간구하오니 오늘 하루도 주 안에 쌓이는 기도로 늘 복을 주소서.

하나님, 이제 저도 육십이 넘어 나이를 먹어 노년이 다 되어 갑니다. 나라가 전부요 가족과 교회 외에는 아무것도 눈 돌린 적 없는데 나라는 교회와 함께 가족도 만신창이가 되었습니다.

인생이 다 적당하여 길지도 짧지도 않음은 마음의 중심입니다. 사랑도 다 그러하더이다.

아버지, 나의 하나님, 인생 육십 넘어 살면서 그렇게 저는 한눈판 적도 팔고 싶지도 않았는데 그래서 지금까지 그렇게 주와 함께 저들에게 다 걸었는데 다 부질없는 허망함뿐입니다.

울 엄마 계실 때 누릴 수 없어 답답했던 자유를 찾았고 고마운데 그럼에도 불구하고 너무너무 그리운 울 엄마 참 그립습니다. 진실로 진실로 보고 싶습니다.

인생이 다 그런 것 같습니다. 젊어서는 아무것도 모르고 하는 일이 많고 그래서 할 수가 있습니다. 그러나 차차 나이 들어 저 자신이 주께 참 하나님 주신 용기와 지혜로 접붙인바, 아니면 인생은 다 늙으면 후회요 모든 게 부질없는 겁많은 자들입니다.

그렇게 그 속에서 나를 건지사 모든 건강과 지혜와 함께 주를 사모하매, 간절한 기도와 거룩한 경성함에 인생에 여유를 주시는데 그것이 어찌 내 힘으로 된 것이 하나라도 있겠습니까?

하나님, 살아 계신 만왕의 왕.


하나님, 하나님, 나는 태어나기 전부터 모태에서부터 조성될 때부터 제 인생을 기억하셨음입니다. 할렐루야. 아멘.


하늘은 기억하사

나를 살피사 하늘 문을 여시고

오직 창조자 전능하신 주의 기도로

나를 보호하시고 살리시며

하루하루 드리는 삶의 기도를

응답하사 나를 그렇게 태초부터

주께서 예수와 함께

기억하셨으므로 나를 살리신 것을

참으로 감사합니다

나는 주만이 나의 주인으로

나는 주의 것이요 주를 사모하나이다.

할렐루야. 아멘.


하나님, 하나님, 나의 하나님. 진노를 거두지 마소서. 인간의 패악이 정말 주의 원수가 되었습니다.

마귀는 그렇게 세상의 권세를 잡았으나 주의 백성이 빛입니다. 소금입니다.

나라가 나라를 대적하오며 지진이 나며 홍수와 이상기온과 전쟁으로 세상의 심판은 주를 기다립니다.

주여, 언제 오시나이까? 이 땅에 권세도 오로지 주의 백성을 마귀로부터 구할 진짜가 한 사람이라도 더 있었더라면 이 나라가 이렇게 망가지고, 아니 세상의 이런 환란이 시작되었겠습니까.

하나님, 속히 구원하소서. 구할 자도 없으며 듣는 자도 없습니다. 주여, 나라가 나라를 대적하여도 지진이 일어나도 이상기온으로 고통을 받아도 전쟁이 나는데도 주를 조롱하며 멸시하나이다.

하나님, 하나님, 나의 하나님. 주를 보고도 믿지 않는데 믿는 자는 하나도 없습니다. 진짜들은 다 숨었나이다.

어느 때까지입니까 아버지여.

한 말씀만 하소서. 한 말씀만 하소서.

주여, 주의 백성이 다 죽게 되었나이다. 하나님이여, 나의 주를 위해 고통당할 때는 공감하는 자도 오히려 나를 조롱하더니 돈 때문에 억울하다, 엄마 때문에 슬프다 하여 토설하니 다 내 말을 듣나이다. 이것이 무슨 조화입니까?

그렇게 돌이키고 주께 오라 할 때는 미동도 없던 이들이 사람들입니다. 오, 하나님, 어찌 아직도 이 나라의 백성은 돈을 포기할 줄 모르고 주를 찾지도 바라지도 않나이다. 하나님, 주여, 여기에 대하여 저는 어떠하나이까? 주여, 판단하소서.

지난날 병동에서 집에서 사랑방에서 처절하게 싸우고 울었나이다. 그때 핍박과 멸시를 저는 잊지 않았나이다. 하나님, 하나님 친척들도 저를 피하더니 그렇게 핍절하여 살았나이다.

그때 다 저들은 어디에 있었나이까?

나는 강도 만난 상처로 얼룩진 홀로 참으로 견딜 수 없을 때 가족도, 친구도 다 나를 버렸나이다. 그런데 이제 나에게 세상에 능력이 주어지니 이제서 저를 바라니, 참으로 참으로 제가 황망하고 황망하나이다.

그때 정말 주가 아니시면 그리하여 매 순간 위기 때마다 알지도 못하는 자들은 저를 도왔나이다. 그들에게 복을 주소서.

그때 저를 멸시와 조롱거리로 만든 교회와 가족, 친구, 친척들도 저는 이제 모릅니다.

그러나 하나님, 정말 제 안에 주께서 판단하소서. 나는 아둔하고 미련하나이다. 매 순간 그때는 저는 죽은 자요 구걸하는 자였나이다.

하나님, 나는 그럼에도 저들의 죄가 회개하여 주 앞에 나오기를 간절히 진심으로 간구하여 이제라도 진심 든 자들을 주여 살리시고 살리사 주의 나라를 오게 하소서. 아멘. 샬롬.

하나님, 이제 진짜 주만이 저의 전부입니다. 가족도 다 이제 돌아가신 엄마도, 그렇게 주 안에 다 정리했습니다.

인생 살면서 인간을 보니 돈에 미친 자들입니다. 주여, 그 돈 때문에 참으로 죽는 인간들뿐, 권력과 욕심뿐, 그런 인간들뿐입니다.

진짜 하나님, 사람들은 잠깐잠깐 그렇게 주 안에 도왔어도 이름도 빛도 없이 나에게 아무것도 요구하지 않는 사람들이었어요. 그 정신병동에 갇혔을 때도 하나님은 저를 그렇게 하나님의 사람들로 도우셨어요. 하나님, 이제 저 두 손 들고 주께 갑니다. 나는 가족도 나라도 교회도 다 그렇게 없는 가난하고 핍절한 사람입니다.

주여, 나는 다시는 저들을 알지도 보지도, 상관없습니다.

저들에게 죄를 물으실 때 저는 더 이상 아무 상관 없는 사람입니다.

하나님, 나를 지극히 사랑하사 이렇게 빈손 들고 올 때까지 핍박과 눈물로 나를 지키신 주여, 오직 주만이 전부요 주재이신 여호와 나의 주 나의 하나님만이 나의 전부입니다. 하나님 아버지 계신 땅과 그걸 믿는 자만이 저의 진짜 가족이요 친구요 조국이요 애인입니다. 나는 그걸 깨달아 사는 데 육십 년 하고도 2년이 걸린 사람입니다. 하나님 나를, 주여 불쌍히 여기소서.

나는 주의 것이요, 주께서 살리신 참 크리스천입니다.

할렐루야, 아멘.


하늘에 계신 우리 아버지여

이름이 거룩히 여김을 받으시오며

나라에 임하옵시며

뜻이 하늘에서 이루어진 것같이

땅에서도 이루어지이다.

오늘날 우리에게 죄지은 자를 사하여 주신 것같이

죄를 사하여 주옵시고,

우리를 시험에 들지 말게 하옵시며

다만 악에서 구하옵소서.

대개 나라와 권세와 영광이

아버지께 영원히 있사옵나이다. 아멘.


하나님 아버지, 인생에 기도는 주 안에 있사오니 주께서 들으심이며, 주께서 권고하시나이다. 나는 새날에 잠에 깨어 주를 생각하였나이다. 하루를 살아 기도하였으며 잠들 때도 기도하였나이다.

오직 주께서 성령의 바람으로 깨우시고 하루도 나를 생각지 아니하신 적 없어 매 순간 그렇게 주가 나를 생각하시고 이 이상기후와 내 가족과 나라 이 세상에 일어날 모든 기근과 환란에서 나를 건지심이여.

하나님, 하루도 원수 마귀는 두루 다니며 삼키려 하지 않은 적 없어도 인생에 다 헛되고 헛됨은 다 그러하나 주께서 은혜를 베푸시고 돌보사 나를 기억하셨나이다.

내 어미가 그러하였으며 내 아비가 그러하여도 나를 건지사 나를 살리신 주 여호와는 만군의 주로다. 하늘은 주의 것이며 그 주께서 내 아버지이시니 나는 그를 찬송하나이다. 감히 누가 주를 대적하리까? 주께서 작정하시고 심판하실 때 누가 대적하리요?

아버지 우리 주 외아들 예수시니 그분이 나를 구원하심입니다.

할렐루야, 나의 하나님, 하나님이여. 나는 주께 벌거벗은 자요, 아무것도 주의 낯을 피하리까. 여호와 만군의 주로다 하신 하나님, 모든 것을 뜻대로 하사 악을 심판하소서.

다시는, 다시는 여호와의 모든 인생에 주의 백성을 살피사 구원하사 심판 날에 그렇게 나 주께 간구하여 피하리니, 나는 주의 것이오 주의 백성, 주의 종입니다. 할렐루야, 아멘.


정말 고마운 한의원 선생님입니다.

열심히 치료받을 수 있을 것 같습니다.

그 딸을 위로하시고 항상 건강하기를 기도합니다.

하나님, 어찌할까요? 주님은 다 아시나이다. 오직 주 안에 드리는 기도로 사는 것밖에 없사오니, 거룩하신 하늘 아버지 아무것도 장애물 없는 십자가에 살기를 소원하오니 들어주소서. 지혜를 주시고 자유를 주시길 기도합니다.

내 생각, 감정 모든 걸 다스리시고 도와주시길 기도합니다. 아멘.

하나님, 오늘은 그동안 친척들과 맨 처음 모든 게 시작된 불행을 생각하면서 가만히 돌이켜 봅니다.

나 엄마가 그렇게 고생할 때 친척들 누구 하나 주 안에 해결해 준 사람들이 아닌데 내 동생 아버지, 엄마 인생을 평가, 돌 던질 수 있는 사람 오직 아버지, 엄마, 동생 본인과 당사자 저인데 저들은 함부로 쉽게 사람 평가하는 교회 뼛속 충청도 아닌데 엄마가 가서서 피 토하는 사람한테 자식 도리를 말한 사람들입니다. 그래서 그렇다고 자기들이 진짜 저를 사랑해서 진심 어린 밥 한 끼 해준 적도, 병원에 울 엄마 대신에 병문안 한번 와 준 적도 없는, 정말 그런 사람들이 제가 내 동생 욕한다고 저를 피하고 뒤에서는 내 동생 우리 집 함부로 평가하는 사람들입니다.

정말 그랬으면 단 한 번이라도 진심으로 날 만나 내 얘기를 들었어야 할 수 있는 평가입니다. 저는 친척들이 예수 믿는다 하면 정말 믿는 줄 알았습니다. 다 우리 집, 나 같은 사람인 줄 알았습니다. 우리 엄마 나 때문에 그 와중에도 일가\친척들 경제적으로 힘들 때 절대 외면한 분 아닌데, 그걸 생각하는 사람들이면 내 동생 지금 어떤지 제대로 알지도 못하면서 나는 욕해도 내 동생이니까 당사자니까 마땅하나 그들이 단 한 번도 우리 집에 엄마 문제 나를 포함 돈 한 푼 걱정해 준 사람들이 아닌데 참 제가 볼 때 잘못 믿는 사람들입니다.

그런데 거기서 무얼 보고 내 동생이 예수를 안 믿는다고 힐난할 수 없는 자들이고 연락 안 한다고 왜 나무랍니까?

나는 해도 됩니다. 내가 당사자요, 저는 진심이니까.

그들에겐 진심 없는 거짓된 걱정입니다. 나는 이제 일가친척 절대 안 믿을 겁니다. 그들의 하나님 아니고 저에게 정말 힘들 때 해갈시켜 준 적도 없는 사람입니다.

일시적 동정과 가책 면하는 순간적 생색 아니면 설명 안 되는 저를 피하기 위해 거지 대접한 겁니다. 그게 싫어서 엄마가 그렇게 일가친척들 못 만나게 한 건데 나는 그때는 그걸 진실로 몰랐습니다. 엄마, 엄마, 그들에게 진실로 책임진 행동했는데 그들은 이러쿵저러쿵, 참 말도 많은 영혼들입니다.

나는 이 모든 걸 분명히 주여, 기억합니다. 그리고 설사

그리고 설사 오해였더라도 제가 그들을 신뢰했던 신뢰와 사랑으로 그 빚 청산 다 했습니다. 다시는 저에게 친척 없습니다. 나는 다시는 돌아보지 않을 겁니다.

하나님, 그리고 저는 저 하나만 주를 믿는 맘 진심이면 다 되는 줄 알았습니다. 사람들은 아닙니다. 능력 없고 돈 없고 빽 없으면 진짜로 가

짜로 개무시합니다.

하나님, 그래서 저는 오늘 어제 내내 엄마 생각하면서 피눈물 쏟으며 진실로 성공을 생각합니다.

나는 물질적 모든 것 성공할 의사만 보다 내 부모 항상 신앙에 율례를 지키고 살면 다 되는 줄 알았습니다. 그러나 저들은 절대로 아님을 보았습니다. 그건 저는 너무 억울합니다.

하나님, 저에게도 이제 분명한 고생의 대가, 성공해야겠습니다. 그래야 내 동생 우리 아버지 지킵니다. 하나님, 도와주소서.

우리 엄마, 우리 아버지, 내 동생 깔 자격은 주 안에 당사자 저뿐입니다. 저들은 그 입을 막아야 합니다. 자격 없습니다.

하나님, 인간은 왜 권력을 탐하는가, 국민은 왜 약자인가 깨달았습니다. 권력은 군림의 본능입니다. 특히 대한민국은 역사적으로 늘 그런 배경 아래 국민은 제대로 된 주권을 가진 적 없는 백성입니다.

완전한 국민 주권은 없습니다. 정치는 그것을 여과 없이 저에게 보여 주었습니다. 여과 없는 윤석열 정부 과대망상 환자입니다.

정상 범주를 벗어나 어디로 가는지도 모르는 정부고, 야당은 지금 싸우는 것은 어쨌든 이재명이든 누구든 야권에서 장악하고 싶은 겁니다. 이들도 진짜 국민의 뜻 존중 의문입니다.

왜냐하면 인간은 본성이 약하기 때문에 그렇게 아담 이브 이래 썩었기 때문에 늘 그렇듯 또 부패는 있고 예수님 외에는 그 부패를 척결할 분이 없습니다.

이 나라의 모든 국민은 아마도 그걸 깨달은 것 같습니다. 국민 정치인이 투표 때만 필요하고 그때만 주권 행사가 가능한 걸 아는 겁니다. 거리로 나가 싸우는 것 역시 허무합니다.

다 누군가를 뽑아 정권 주면 또 다른 정권 아래 희생자는 또 나오고 그것은 뫼비우스의 띠처럼 돌고 돕니다. 그것은 예수그리스도만이 구원임을 깨닫습니다. 그 악의 고리를 끊을 수 있는 것은 아무 죄가 어느 정당도 아닌, 인간의 본성을 건드려야 합니다. 그걸 하는 것은 오직 십자가에 죽음으로 하나님의 율법 아래 완성된 초자연적 아가페 사랑으로 믿는 믿음만이 가능합니다. 그것 때문에 인간은 끝없이 죽으며 싸우는데 바로 권력 구조입니다. 그것은 인간의 내면 스스로 자각하는 자기 성찰로 예수와 만나지 않으면 구원은, 인간 구원은 없습니다. 그래서 예수만이 진리시며 생명입니다. 나는 수많은 권력, 그 권력과 싸우는데 그것이 가정, 사회, 국가 전반에 걸쳐 실전으로 싸우는 인간관계 속에서 약육강식으로 철저하게 배우고 절망했습니다. 그러나 우리는 오직 예수 안에 그것이 열쇠임을 진실로 배우고 모든 걸 포기할 때 진실한 자유를 얻어 그것이 진실한 하나님께서 원래 인간을 창조하신 비밀임을 배웠습니다.

이재명, 윤석열, 한동훈 서로 옳고 그름으로 피 터지는 싸움 조국도 역시 다 원한 관계일 뿐 아무도 그 싸움에서 진짜는 없습니다. 유일한 것은 예수님의 구원입니다.

각자 그런 사람이 많은 사회라야 건강한데 오늘날 한국 교회 예수님의 이름으로 장사하는 썩은 각자가 그런 무리가 대한민국 국민의 교인들 속에서 있는데 어떻게 절대로 안 됩니다. 회개는 그래서 정말 중요합니다. 정말 통해하고 돌이키는 구원은 산 믿음으로 나타나야 합니다. 겉으로 주여, 주여, 다 무속신앙입니다. 오직 말씀에 실천으로 살아 숨

쉬는 참 신앙인이 생겨야 합니다.

오늘날 한국 교회에 교회 수가 도대체 얼마나 많습니까? 거리를 나가면 다 예수 믿으라고 하는데, 진짜 인간을 변화시키는 실질적인 전도가 아닙니다. 그냥 영업사원 교회에 똘마니들이 많습니다 저도 한때는 미친 듯 홀린 듯, 전도를 미친 듯이 했으나, 주님이 이제는 거두셨습니다.

교회가 그래서 입으로 전하는 의인 없음이 아닌 진짜 없음 개탄해야 합니다.

그래서 믿고자 하여도 믿지 못하고 힐난하고 비판, 핍박에 대하여 진실로 겸허히 받아들여야 할 때입니다. 저는 그래서 정치, 경제, 사회, 종교, 철학 다 속 덜었습니다. 진짜 하늘에 모든 나팔로 예수께서 오실 때까지 살아남는 자가 되어야 합니다. 그런 때입니다.

하나님, 오늘은 매우 중요한 걸 주님께 배웠습니다. 인간의 모든 문제 속에 돈 아닌 것이 없었네요. 제가 돈에 구속받지 않고 진짜 순수한 신앙 자체로 산 것을 하나님께서 어머니를 통해 하셨습니다. 어머니께서 나에게 쏟아부은 돈의 의미를 오늘 처음 배웠습니다. 사람들은 각자의 사랑을 그게 가족이든 무엇이든 쟁취하기 위해 목숨 걸고 이 더위도 35도 넘는 더위에도 추우나 더우나 항상 돈을 법니다. 그리고 자신의 그 목적을 위해 돈을 사용합니다. 그래서 돈은 매우매우 중요한 수단입니다. 돈이 중요한 게 그 목적 때문입니다.

평생 우리 어머니 나와 가족을 책임지기 위해 목숨 걸고 돈을 버셨고 평생 모은 그 돈을 동생을 통해 저에게 남기고 가셨습니다.

하나님 아버지, 저는 육십 평생 그렇게 돈에 대하여 인생에 대하여 현실을 모르고 살았습니다. 그래서 그 어머니가 저에게 주시는 돈의 의미 사랑을 몰라 평생 헛 신앙의 현실을 모르고 살았네요. 하나님, 정말 죄송합니다. 정말 그것 때문에 제가 감히 함부로 인간의 고통을 함부로 판단했습니다. 주여, 이 시간부터 제게 들어오는 모든 돈에 사용과 모으는 모든 출납을 하나님이 책임져 주셔야 하겠습니다.

꼭 사용할 것만 쓰게 하소서. 지금부터 돈은 매우매우 저와 하나님께 중요한 수단입니다. 할렐루야, 도와주소서. 아멘.


하나님, 하나님은 제일 먼저 저와 신뢰 회복을 시키시고 건강을 그리고 인간관계 이 모든 것 회복시키고 1,500만 원 투자하고 진짜 돈의 의미와 마지막 인간의 모든 문제 해결의 숙제를 풀어 주셨습니다. 하나님 이제부턴 진짜 제 인생 제2의 출발입니다. 엄마 가시고 주신 엄마와 하나님 주신 진짜 선물입니다.

아주아주 존귀한 선물입니다. 할렐루야, 아멘.


하나님, 중요한 걸 깨달았습니다. 욕심은 무엇이든지 죄입니다. 그것은 곧 자신을 불신하게 되고 자학하므로 하나님과 단절됩니다. 그리고 그것은 불순종에서 시작되고 그리고 그렇게 패망입니다.

그래서 하나님 사랑은 자신을 사랑하는 데 있으며 그 사랑은 내 이웃과 함께하므로 주의 율법을 지키게 되고 곧 극복입니다.

그래서 하나님을 목숨처럼 사랑하는 일은 생명입니다. 그래야 모든 물질과 함께 축복이 자유가 주어집니다. 아멘. 감사합니다.

하나님, 너무너무 감사합니다. 오늘은 제가 주의 이름으로 빚 청산과 함께 모든 걸 현실적인 삭개오의 정산을 한 날입니다. 우리 하나님 역사 구원은 정말 현실입니다. 상상 속, 동화 속 이상이 아닙니다.

저는 주님께 오늘 배웠습니다. 주님이 다 기억나게 해 주셨습니다. 할렐루야, 참으로 은혜 중 은혜입니다.

나는 또 오늘도 그렇게 하루하루 날마다 죽습니다. 그러므로 우리 주님의 다 은혜요, 영광입니다.

그리고 우리 하나님 이제 다시는 주의 사랑의 빚 외에는 지지 않겠습니다. 이 일에 대하여 우리 하나님 한 이 모든 것을 지키고 살게 하소서.

할렐루야, 하나님. 참으로 감사, 감사입니다.

주여, 이제 내일 일은 저는 진실로 모릅니다. 저의 모든 일거수일투족 다 주께서 인도하시고 온전한 하루를 드리게 하시길 소원합니다. 정말 살아서 믿는 자는 영원히 죽지 않으며 죽어서 믿는 자는 살겠다 하심을 진실로 배웠나이다. 아멘. 할렐루야.

살아 계신 나의 왕, 나의 창조자, 전능하신 나의 하나님, 주 여호와를 찬송할지어다. 아멘.

하나님, 오늘은 매우 중요한 날입니다. 주여, 감사합니다. 감사합니다. 고맙습니다.

할렐루야, 찬송할지어다, 찬송할지어다. 할렐루야 주의 영광 찬송할지어다. 아멘.

할렐루야, 찬송하리로다. 여호와 만군의 주께서 들으심이여 항상 영광 무궁할지로다. 다시는 어제도 영원히 환란은 이런 환란은 없을 것이며 주의 인자는 그렇게 오리니 항상 복 있을지어다.

아멘, 할렐루야. 존귀하신 예수님 나의 하나님 이 모든 기도에 하늘이 들으심이여 이제부터 영원히 영원할지로다.

아멘, 샬롬, 샬롬.


주여, 주의 주신 모든 게 다 어찌 그리 아름다운지요? 감사, 감사, 감사입니다. 할렐루야.

오직 찬송하리로다. 나의 주여, 오직 주만이 만 군주 여호와 할렐루야 찬송할 주제시요, 생명입니다. 오늘날에 모든 평안으로 구하시나이다. 아멘, 할렐루야.

하나님, 정말 저의 머리털까지 세신다는 주님을 제가 뵈었습니다. 저는 제가 논리적으로 상식적으로 납득되지 않으면 그게 누구든 하나님 외에는 고개 숙이지 않는 진실을 보시고 그렇게 오직 그리스도 안에 저를 살려 주셨습니다. 하나님 아버지, 오늘은 그러므로 제가 태어나 부모가 왜 귀한지 왜 사랑이 소중한지 그것을 총괄하시는 하나님, 제가 이 모든 것을 아무것도 몰랐기 때문에 가능했던 것들이 이제는 하나님으로 다 가능하다는 진리를 그리스도 안에 납득되므로 하나님 참으로 누구든 알 수 없는 내 안에 나만의 존재 가치다. 인간은 이것을 하나님은 오늘도 아무 정말 예수의 믿음 때문에 주셨습니다.

세상천지 저같이 아무것도 모르고 산 것은 지금 생각하면 은혜인 것을 고백합니다. 하나님 말씀에 나쁜 것은 천천히 배우고 마음이 청결한 자는 하나님을 뵙는다 하셨습니다.

그 마음은 오직 주께서 제 어미의 수고와 물질을 통해 주신 은혜와 주님의 사랑의 참 통로였습니다.

하나님, 저는 그걸 어머니가 하늘에 가시고 깨달았습니다. 주님이 직접 다 알려 주셨습니다.

내 건강과 모든 죄 그리고 살림의 지혜와 이성 간의 문제 대인 관계, 마지막 돈 문제를 다 가르쳐 주셨는데 참으로 이제 제게는 하나님, 나, 보리, 가정에 가족 그동안 내 모든 고통에 대하여 잘하든지 못하든지 경제적이든 정신적이든 책임져 주었다. 내 동생, 그리고 우리 아버지입니다. 하나님, 이 문제 숙제가 주님 안에 벗어진 날입니다.

할렐루야, 하늘의 모든 것은 다 다스리고 나누는 데 있습니다.

하나님, 기도하오니 이 모든 것에서 예수님 안에 다스리는 권위와 함께 자유를 그리스도 이름으로 지켜 주심을 제가 보았습니다.

영원한 오직 주님의 성령 안에 진실은 불변입니다. 주여, 이 모든 것을 주님의 특별한 은혜요, 은사입니다.

사모합니다. 곧 이제 올해도 하반기 추수 때입니다. 이번 우리 어머니 기일 때는 참 추수의 열매로 주께 드리는 기적을 허락하소서.

아멘, 할렐루야. 주여, 감사합니다.

하나님 감사합니다. 감사합니다.

오늘도 하루가 시작되었습니다.

내일은 거룩한 주일입니다. 내일은 평화교회 갑니다.

빚 청산하고 그동안 모든 것 주께서 하나님 안에 주신 좋은 목사님, 사모님 만나러 갑니다.

축복해 주시고 보호해 주사 늘 함께하시길 소원합니다. 주여 감사합니다.

그동안 이 나라와 교회는 다 주 안에 새로운 시작 감사합니다. 사람은 인간은 너무너무 소중한 주의 피조물입니다. 대한민국 보호해 주시고 모든 국민의 절망 가운데 신의 가호로 재탄생 놀라운 시작 새 창조하실 우리 주 예수그리스도의 영광 함께하시는 거룩한 되게 하소서.

할렐루야, 내가 진실로 진실로 감사드립니다.

주여 내 조국 내 나라 살리신 나의 하나님 만군의 주는 참 진리 거룩한 역사의 시작으로 감사드립니다. 이 기쁨 못 이기며 그동안의 저의 모든 기도와 간구를 들으신 나의 하나님 찬송 영광 할렐루야 참으로 감사합니다.

하나님 하나님 나의 하나님 고맙습니다.

할렐루야, 만군의 주 여호와 하나님 주여 나는 정말 아무것도 모르는 무지하였습니다.

할렐루야, 아이 같은 나에게 주의 음성 듣고 지난날 모든 과오와 고통을 들으셨나이다.

성경은 듣는 자와 행하는 자의 것입니다. 말하는 자의 가벼운 말씀의 것이 아닙니다. 교회는 그래서 죄입니다.

책임질 수 없는 말씀으로 소경이 소경에게 속여 받은 재물과 모든 것이 그래서 죄입니다. 진실은 그렇게 쉽게 보이지도 드러나지 않습니다. 그래서 의인은 없나니 하나도 없습니다. 하나님 나는 나는 이제 육십 넘어 이 모든 진실에서 겨우 벗어나 주를 뵈었사옵나이다.

다시는 다시는 돌아올 수 없는 천국을 얻었습니다. 만왕의 예수님 당신만이 구원이요, 생명임을 고백합니다. 그것은 불변의 진리임을 이제야 배웠나이다. 아멘 영광 할렐루야. 감사합니다. 다시는 다시는 돌아갈 수도 가고 싶지도 않은 끔찍한 과거를 허락지 마소서. 내게서 멀리멀리 손절입니다. 아멘, 아멘. 주여 오늘도 나는 주 안에 평안입니다.

배가 아파 체한 것 같아 무를 먹으려고 잘라 보니 다 썩었네요. 주여 어째 그런걸. 그러나 잘못 고른 저도 잘못입니다.

주여 인간 중에 사기꾼은 진짜 나쁩니다.

좋은 물건을 팔아야 하는 건데 돈 벌자고 무조건 팔고 보는 돈벌레들이 너무 많은 세상입니다. 예수님 그 비싼 내 돈 주고 소중한 돈을 그냥 버리네요. 죄송합니다. 다음부터는 물건을 절대 신중히 고르겠습니다. 항상 속지 않게 하소서. 우리 주님의 눈으로 보게 하소서. 아멘.

하나님 저는 이제 돈으로부터 해방입니다. 이제 김은녕 목사님 빚만 갚으면 됩니다. 할렐루야 아멘 감사합니다.

하나님 생각해 보니 김건희, 윤석열 관계도 결국 돈입니다. 사람이 아니에요. 세상에 이런 나쁜 관계를 포장하고 이 땅을 더럽힌 마귀의 돈줄을 다 끊어 주시고 하나님 결국 모든 게 끝이 납니다. 하나님, 하나님 이 모든 걸 밝히시고 이 땅에서 하나님 진짜 돈보다 귀한 하나님 진짜 사람이 인정받게 하소서. 그래야 끝이 납니다.

아멘, 아멘, 아멘.

하나님 저는 사랑만 주면 됩니다.

고맙습니다. 죄의 심판은 하나님 겁니다.

아멘 할렐루야. 나는 제 사명은 딱 그것뿐 거기까지입니다.

하나님 나의 하나님 태초에 나를 조성하실 때 뜻이 그러하신 겁니다. 그냥 담대하게 전하면 됩니다. 나의 진실을 그리고 안 되는 나머지는 우리 하나님 다 하시는 줄 배웠습니다.

고맙습니다. 그것이 참 하나님 음성이고 그걸 믿으면 되는 겁니다. 주여 천국의 문을 여기고 날 보호하시니 내가 이 새벽에도 주를 바라이다. 이 모든 일의 주인은 하나님 아빠이십니다. 아멘 할렐루야. 하나님 만국의 주 나의 하나님 또 반나절이 갔습니다. 어찌 이리 인생도 속절없이 가는지 참으로 허망합니다. 그럼에도 하나님 주의 참 백성은 참 그렇게 양과 같이 순진하여 주를 찾는데 가만히 돌이켜보면 사적으로 인간적으로 교회는 참 원수 같습니다.

내가 처음 온누리교회에서 그렇게 주를 만나 세상 지금까지 그렇게 교회 우리 가족의 영혼을 갉아먹고도 거룩하다. 진짜 하나님을 모르는 영적 사기 치는데 교회 안의 진실한 주의 양들은 무슨 죄입니까.

하나님 나의 하나님 세상은 집을 나서기 전 기도해야 하루를 살아남는 전쟁터, 온통 이리들이 두루 돌아다니고 여기저기 유혹하는 세상에서 삽니다.

이 모든 책임은 신실하고 전능하신 만군의 주 예수그리스도 참 진리를 가르치지 않은 교회와 거기서 파생된 정부의 탓입니다. 그러나 수년을 그렇게 눈감고 귀 막고 산 대가, 지불입니다.

이제 주님은 곧 오십니다.

세상의 모든 징조가 성경에 기록된 대로 그렇게 이루어집니다.

그리고 우리 예수님 오셔서 다 정리하셔야 끝납니다. 그때까지는 받아 놓은 밥상입니다.

주여, 나라가 내 가정이 사단의 노리개가 된 것은 다 돈과 관력의 부패입니다.

주여, 저는 단 한 번도 이 모든 것을 욕심낸 적 없으나 나라를 지키고 이 모든 걸 예수님께서 사용하시는 성공과 돈은 필요합니다. 저에게 하나님 이것은 너무너무 중요합니다.

여기에 일점일획도 틀림없는 진실을 기도하지 않고 구한 적 없사오니 내 나라와 나와 내 가족을 위해 다만 허락하시고 항상 항상 그 모든 것을 지키는 데 사용되기를 간절히 간절히 기도드렸습니다. 아멘.

하나님 당신은 나의 소원을 다 들어주셨습니다.

할렐루야 나는 오직 주만이 저의 전부요, 참 생명입니다. 할렐루야

입니다.

하나님 8월 6일 8월 6일입니다.

대한민국 만세, 만세, 만세.

하나님, 하나님. 오늘 하루하루 그저 감사합니다.

저의 시작은 미약하나 내 나중은 창대하리라.

감사합니다. 주를 믿사와 참 하나님 고맙습니다.

하나님, 인생은 하나님 안에 살 가치 있습니다.

그 외는 다 허망과 절망, 죄뿐입니다.

너무너무 무서운 세상에 우리를 구원하시는 이는 오직 만군의 여호와 하나님 단 한 분이십니다.

내 주 예수님 안에 우리를 이 환란에서 건지시는 유일한 구주 예수 그리스도 단 하나 예수로 사는 그 길이 전부입니다.

할렐루야 아멘.

하나님, 하나님. 나의 왕, 나의 주, 오늘도 또 하루가 시작되었습니다.

하나님, 지금 하루 모든 일정의 시작이시고 끝이오니 주여 기도하고 얻은 줄 내가 아오니 또 복되고 복된 날입니다. 아멘.


□□한의원 선생님, 하나님이 주신 천사예요.

그렇게 힘들었는데 약 끊으면서 부작용이 있었는데 침으로 날 잘 상담해 주시는 따뜻한 사랑 먹고 참 감사합니다. 오후에 우리 보리 털 깎고 나면 또 하루가 오늘은 다 갈 것 같아요. 할렐루야, 할렐루야. 참 감사합니다.

하나님 인간이 참으로 패악합니다. 정말 정말 너무 패악합니다.

저는 이제 다시는 가족이라 하여 뒤돌아 미련 가질 것이 전혀 없습니다. 정말 남보다도 못합니다. 너무너무 질긴 인연, 이제 정말 번아웃입니다.

하나님 인간의 모든 선악이 돈 문제인데 이걸 해결할 아무도 없어요. 주여 나는 그런 사람은 사람이 아닙니다. 신입니다.

그분은 오직 예수님뿐입니다.

그래서 그 길을 가는 사람도 부르는 사람도 아무도 없네요. 주여 이 길이 내 길일 줄은 상상한 적도 꿈꿔 본 적도 없는데 주여 이 길은 참 못 가요. 너무너무 험한 이 길 누가 누가 오직 주님뿐입니다.

그래서 오직 주만이 구원 그걸 믿는 자도 부르는 자도 없네요. 주여 나를 불쌍히 여기면서 주야로 나를 그 길로 인도하사 매일매일 눈물입니다.

할렐루야, 할렐루야, 할렐루야.

아멘, 아멘, 아멘. 나는 죽어도 못 가요. 그래서 주님이 대신 가요. 대신 가요.

주여 나를 살리소서. 이 죄를 살려 주소서.

하루하루 살아요. 하루하루 내가 죽어 주를 뵐 때 내가 죽어요.

할렐루야, 할렐루야, 할렐루야. 아멘, 아멘, 아멘.

나를 구원하실 이 오직 예수, 예수, 예수. 그 길이 나는 못 가요 못 가

요 못 가요. 죽어야 가요 죽어야 가요.

할렐루야, 할렐루야. 아멘, 아멘, 아멘.

아멘, 내가 내가 하루하루 사는 건 오직 오직 예수, 예수, 예수, 예수, 예수, 예수, 할렐루야, 할렐루야.

하나님 정말 주만 말씀하소서.

나는 이 길에 대하여 도무지 단 한 번도 상상한 적 없어 도무지 이제는 차라리 진짜 자유가 올 것만 같습니다.

아버지 오늘은 영구 임대 아파트 신청하고 왔어요.

저에게 늘 주시는 감사 매 순간 기뻐 찬송합니다.

오늘 참 많은 영혼이 주께로 왔어요. 그들을 주께 부탁드립니다.

다 예수님 믿고 구원받게 해 주세요. 예수님, 예수님, 예수님, 평화,

다시는 이 평안 내에서 떠나지 말게 하소서.

아멘, 할렐루야. 주를 찬송할지어다.

기도하고 구하면 다 주시니 나 영광 할렐루야 아멘.

하나님 나의 하나님 매일 제 아버지가 가시면 내 동생 정말 예수님

영접합니다. 구하오니 다 이루어지소서.

할렐루야, 할렐루야, 할렐루야, 할렐루야, 아멘.

하나님, 하나님, 나의 하나님 항상 적당한 것을 사모하게 하소서. 주여 세상의 모든 게 참 구원에 주께서 주시는 은혜로 삽니다.

할렐루야 할렐루야 오늘도 감사 감사 할렐루야.

하나님 아버지 저의 모든 생각과 비밀을 지키고 거룩하신 기도 응답 하루 가운데 오늘도 저에게 복을 주시길 기도합니다.

그래도 내가 사랑하는 하나님 육신이 약하고 부족하니 이 모든 비밀에 대하여 도와주시고 사인을 주셔야 합니다. 그것밖에는 저의 기도한 것에 확신한 것을 믿을 수 없어요. 제가 믿음이 그것밖에는 안 돼요. 하나님 죄송합니다. 정말 죄송합니다.

그리고 진실로 사랑하는 줄 아시니 저를 오늘도 하루를 살아 감사하오니 도우사 환란을 면케 하소서. 아멘.

하나님 저는 이제 아무것도 모르겠어요.

아버지께 가 보려고 다 준비했었는데 머리까지 자르고 순정이 언니, 규웅이, 목사님, 다 연락 안 돼요. 아버지도 연락 안 되고 하나님 다 뜻입니다.

인간이 생각하고 생각하는 건 다 그렇게 틀립니다. 그러나 그럼에도 주께서는 이 일에 대하여 다 운행하십니다. 그건 확실해요.

순옥 언니랑 미원이 언니만 연락이 되었어요. 하나님, 하나님, 할렐루야.

하나님, 하나님, 나의 하나님, 어디 계시나이까.

제가 한 모든 게 무엇으로 도저히 주여 어디 계시나이까.

아버지 숨을 쉴 수가 없어요. 지금까지 하신 우리 주님 아니셨나요.

나는 어디에 있는 건가요. 하나님 어디에 계신가요. 오늘 오늘 하신 일 아닌가요? 제가 아무것도 아무것도 이제 확신이 없어요. 아무것도 아무것도 모르겠어요. 도와주십시오. 주 음성 외에는 제발 제발 다 거두어 주소서. 아멘 할렐루야.

하나님 오늘은 정말 중요한 것은 그렇게 울 아버지 걱정한다던 인간들은 하나같이 정말 아버지에게 관심 일도 없는 인간들입니다. 도무지 우리 아버지 모시는 규웅이는 저렇게 혼자 두고 지는 335만 원 번다고 내가 모신다고 해도 반대하고 오늘 아버지가 연락 안 돼 연락한 제가 미친년입니다.

그 아버지가 저한테 어떻게 했는데 세상에 저는 오늘 아버지가 혼자 쓸쓸히 눈감으시는 줄 알았습니다. 하나님 이제부터 제가 아버지 모실 수 있게 우리 아버지 저렇게 돌아가셔서는 절대로 안 됩니다. 주여, 그때까지 제 곁에서 평안히 눈감으실 수 있게 살려 주시고 규웅이는 주여, 당신을 믿어 회개하거든 목숨만 살려 주십시오. 저는 도무지 절대로 이제 다시는 그를 동생이라 생각지도 알아주지도 않을 겁니다. 정말 죽든지 살든지 주께서 심판하소서. 인간적인 마음 같아서 정말 할 수만 있다면 그 녀석 가족 싹 다 코로나 걸려 죽고 사는 생사가 넘나드는 고통이 뭔지 중보기도가 뭔지, 진짜 하나님의 임재로 살려 주거든 그때도 부인하고 싶은 심정입니다.

그 녀석은 아버지 나, 엄마 고생할 때 외국에서 나이 60 될 때까지 너무너무 호의호식하며 누릴 것 공무원이라고 잘 먹고 잘살았습니다.

저는 차가운 병실에서 그런 놈을 위해 규웅이 걱정에 눈물로 기도하고 오직 잘 살기만 바랐던 사람입니다.

아버지는 세상 오직 그 자식만 사랑한 분입니다.

하나님 주여 심판하소서.

제가 잘못 구한 것 있으면 저를 치시고 규웅이가 잘못한 것이 확실하다면 오늘부터 규웅의 모든 일에 심판하소서. 그래서 다시는 다시는 주 앞에 얼굴을 들 수 없는 고통을 허락하시고 그것이 무엇이든 끝날까지 주를 뵈올 때까지 치소서. 물질적이든 질병이든 뭐든지 상관없습니다. 예 주여 다시는 돌아올 수 없는 지경까지 두드려 패소서.

근데 주님 목숨만 살려 주소서. 정말 목숨만 건져 주소서. 예 주여 간절히 기도드렸습니다, 아멘.

하나님 악을 물리치소서. 제가 가진 건 기도밖에 없습니다. 주여, 저의 이 모든 억울함을 풀어 주소서. 악에서 건지소서. 살리소서. 주여,

저를 구원하소서.

어느 때까지 어느 때까지 주여 하루속히 하루속히 저들의 목을 치소서. 끊어 주소서.

하나님에게서 숨기지 마시고 살아 계심을 선포하시고 이제부터 영원까지 다스리시는 주께서 승리하소서.

다윗이 그랬고요, 당신의 사랑하는 선진들이 그랬습니다. 이 땅의 모든 악을 치소서. 당신의 백성 참 백성을 구원하소서. 주여 살리소서, 살리소서. 주여, 주여 너무너무 핍절합니다.

나라든 가족이든 모든 악을 치소서. 코로나로 완전히 전멸하소서. 아멘.

하나님 하나님이여 군사를 세워 주소서, 제게 하나님의 진실한 참 군사가 필요합니다. 제게 능력을 주소서. 참 능력을 주소서, 아멘. 나는 주의 것 주님은 나의 하나님이십니다.

하나님 꿈에서도 제가 막았어요.

진심으로 막았어요. 그래도 안 되면 저는 안 됩니다. 나는…

주여, 건지셨어요. 나는 건지셨어요. 이것을 위해 평생 살았어도 지금까지 예수님, 절대 절대, 저는 못 건드려야, 다 가져가도 나와 그 재산은 안 됩니다. 주여, 주여.

내 주여, 살리셨어요. 다 주의 뜻입니다.


절대 안 됩니다. 아멘. 끝났습니다.

꿈에서 끝까지 싸웠어요.

이제 저만 살면 됩니다. 주께로

갑니다. 네 주님 승리하신 주 맞습니다.

다 이루셨어요. 네 꿈에서 날 깨우시고 다 들어주셨어요. 그래서 저는 확신합니다. 네 끝입니다. 오전 벌써 다 갔어요. 나를 살리시는 주 뜻대로 다 임하소서. 아멘.

약속을 안 지키는 사람은 하나님과 약속도 못 지킵니다. 도와주소서. 약속은 꼭 지켜야 해요. 사람과 약속 특히 너무너무 중요합니다. 아멘.

하나님 오늘도 아침부터 찜통 같은 더위네요. 이 더위와 폭우 속에서도 주께서 지켜 주셔서 또 하루를 시작해요. 날마다 날마다 정말 주의 은혜로 살아요.

내 동생 규웅이는 이 더위를 견디고 아버지와 자식과 부인을 위해 일하고 병간호해요. 얼마나 힘들지 저는 상상이 안 가요.

하나님 그 속에 당신의 뜻대로 보호해 주시길 기도드려요. 하나님 인생 살다 보면 어제가 다르고 오늘이 다른 하루 다들 그렇게 삶 속 전쟁으로 사는데, 저는 세상 아무것도 모르고 살았네요.

십자가 그리스도 심령으로 산다는 건 참으로 매 순간 그렇게 순교하듯 살아요. 내가 가족인데 기도할 뿐 아무것도 도와줄 수가 없는데 우리 하나님은 무에서 유를 창조하시는 참 하나님 아버지가 우리를 도와주고 계시니 또 하루를 살아요. 할렐루야, 우리 하나님 사랑하는 것 주께서 아시니 이 시간도 저들에게 기도해요. 모든 현실과 필요한 도움으로 또 그렇게 승리하기를 진심으로 기도드려요.

내 사랑하는 아버지와 제 동생이에요. 거룩하신 하나님 예수님 이름으로 간절히 기도드렸습니다. 아멘, 할렐루야.

하나님 전 세계가 코로나뿐만 아니라 가축에서 인간에게 전염되는 전염병이 시간 문제라는 경고가 나왔어요. 정말 전쟁입니다. 다들 여기서 살아남기 위해 수많은 장소와 시간 속에서 버티는 겁니다. 주여, 이들은 지금 전혀 상상할 수도 없는 고통입니다.

그 속에서 정말 내 백성 주를 믿는 자들은 살아남아야 해요. 기도하오니 저들을 보호하시고 모든 질병으로부터 지켜 주시길 기도드립니다.

사랑하는 예수님, 당신의 참 그리스인들을 주의 이름으로 지켜 주시길 간절히 기도드립니다. 예수님 항상 저의 기도를 들어주시는 은혜를 감사드립니다. 할렐루야, 아멘.


하나님 나 감사해요. 매 순간 도우시고 오늘도 벌써 오후 토요일 오후, 아버지 세상 뜨거운 폭염 속에 하루를 살아요.

하나님 아버지 감사해요. 고맙습니다.

아빠, 어떻게 사람들 내 전화 안 받아 너무 더워. 날씨가 36℃, 이렇게 더워서 어떻게 사람들 이 더운데 이상해 왜 물놀이 가지요?

참 고생인데 왜 가지요. 모르겠어요.

세상이 참 이상해요 우리 아버지는 전화 두 번 했는데 정말 모르겠어요. 다들 다들 진짜 진짜 이상해 이해 안 가요. 왜 이 뜨거운데

휴가 간 사람들 다 어떻게 너무너무 더운데 정말 집이 안전한데 정

말 정말 이상해. 그래도 다 자기가 하고 싶으면 해야 하는 게 인간. 아빠 가슴이 너무너무 아파.

어디로 가는지도 모르고 가는 사람들이 너무너무 많아. 어떻게 누구든지 피할 수 없는데 아빠, 왜 왜 인간을 만드셨어요. 가슴이 찢어지는데 모르겠어요, 모르겠어요.

그리고 그 아픈 사랑 때문에 예수님 십자가 십자가에 우리를 살리셨는데 그걸 왜 몰라 답답하네. 사람들은 다 그릇된 길로 가네요. 어떡해요? 이제 저도 모르겠어요. 죄송해요, 아빠.

우리 하나님 항상 내 곁에서 계시니 그저 그저 족하나이다.

아멘.

하나님, 나의 하나님. 지금 이란, 이스라엘, 하마스, 대만, 중국, 러시아 모두 전쟁 개입 국가들입니다.

정말 사태가 심각합니다.

우리나라는 이 뜨거운 폭염에도 윤석열, 김건희 탄핵을 외치며 거리로 나오고 윤석열, 김건희는 이 상황에 휴가 떠나고 이진숙 방통위원장은 되자마자 3일 만에 탄핵 소추되고 자격 박탈입니다.

방송은 연일 남의 나라 소식에 파리올림픽 소식 국가 홍보센터요 국민의 눈가림뿐입니다.

주여, 나라가 어찌 이 지경이 된 건지 정말 교인이었던 저는 개탄스럽고 이게 다 교회로 생겨난 괴물입니다. 이런 지경에 교회는

이제 저는 모르겠습니다. 주님이 다 심판과 그 죄를 똑똑히 물으실 겁니다. 아니, 그래야 합니다.

교회는 돈 때문에 건질 게 아무것도 없게 되었어요.

도무지 피 한 방울 없이 쏟으신 주를 모욕하는, 제대로 모욕하는 집단이 되었습니다. 거기에 교인들은 돈으로 바친 제물 때문에 눈멀고 귀먹고 바보 등신이 다 되었습니다.

주여 제가 증인입니다. 제대로 다 민낯을 다 깔 겁니다. 도무지 용서할 수 없는 집단이 되었습니다.

남녀 교인들은 정신적 사랑으로 신앙으로 둔갑해 연애당으로 전락했고, 결혼 때문에 교회 나가고 거기를 가야 배우자 고른다고 또는 사업상 가고 이런 정신 나간 집단이 되었습니다.

그리고 교인들에게 전도하라는 한 사람 제대로 구원하려면 얼마나 저는 피를 쏟았습니다. 정말 분노가 끓어오릅니다.

정부와 교묘하게 국정농단에 개입된 게 교회 집단입니다. 김건희, 최은순이 그 더러운 입에서 감히 하나님을 입에 올립니다. 하나님이여 이들을 어느 때까지 두고 보시렵니까? 주여, 이들의 심판으로 나라의 길을 제대로 백성들이 살도록 저 더러운 귀신들을 진멸하소서.

천공이라는 사이비에게 제자라는 충견 같은 윤석열이 정동교회에 신년예배 참석, 도대체 교회가 미치지 않고 감히 저들의 출입을 허할 수 있습니까? 하나님을 두려워하지 않고 권력에 신앙을 제대로 판 쓰레기 집단으로 전락한 겁니다.

주여, 어서 속히 저들을 코로나로 영혼을 끊어 주소서 목숨을 끊어 주소서. 주여, 그래야 이 나라 백성이 삽니다.

하나님이여, 가난하며 정직하게 노동 대가를 받아야 할 국민은 아랑곳하지 않으며 저 북한 핑계 대고 종북 팔이 하며 전쟁하겠다는 저들을 치소서. 어서 속히 치소서.

아멘, 할렐루야, 아멘.

하나님, 아침에 전철 타고 버스를 놓쳤는데 아주머니 두 분이 주의 은혜로 날 도와주셔서 버스 타고 교회에 갔습니다. 예배드리고 1550-1번 겨우 타고 차비 겨우 해결하고 301번 타고 겨우 성령의 당권적 돌아오심 따라 집으로 무사히 잘 왔어요. 요즘 매 순간이 기적입니다. 모든 게 은혜입니다. 하나님의 뜻은 너무너무 깊어 상상할 수가 없어요. 아빠, 나의 하나님, 나 이제 주 안에 영원합니다.

할렐루야.

날마다 나의 기도를 들어주시는 하나님 영광, 할렐루야, 아멘.

오직 예수 믿고 구원받아요. 예수 믿고 구원받아요.

♡ ♡

.

하나님 미원이 언니가 너무너무 고마워요.

감사해요. 제 맘을 알아주었어요. 아버지, 저는 아무것도 몰라요.

온 세상이 이상기후, 전쟁 정말 무서워요. 하나님, 어떡해요?

세상은 이렇게 경고에도 하나님 몰라요.

세상에 그게 제일 무서운 거예요.

탄다, 다 탄다

온통 타오르는

하루 더위

다 태워 버릴 듯

작열하는데


식을 줄 모르는데

어디로 가는지

다니는 사람들

어디서 어떻게

왜 사는지


도무지 모르는데

하늘은 이렇게

다 태워

숨만 쉬는데


무엇이 살릴까

묻는다

속 깊은 바다

침묵한

하나님, 우리 엄마 살아 계실 때 은혜 입은 사람들은 내가 힘들 때 감히 저를 동정하여 안주 삼았어요. 아버지, 저는 그들에게 예수님 때문에 믿었어요. 그런데 저들은 저를 믿지도 피했어요.

하나님 아버지, 저 꼭 이제 성공하고 싶어요. 우리 엄마는 나는 저들을 항상 기억해 저는 그 절망 가운데 저들에게 큰 도움을 두 번 주었어요. 근데 제가 정말 엄마 잃고 힘들 때 저들은 저를 기억도 아니, 오히려 불효한다 했어요.

아버지 저들에게 정말 예수 십자가 있었다면 그럴 수 없어요. 하나님, 분명히 기억하시고 저들의 죄를 물으시길 부탁드립니다.

제가 예수 이름으로 진정 진정 도와달라 했어요. 그것도 돈이 아닌 그리스도 사랑 달라 했어요. 그것을 헌신짝 취급했어요.

주여, 판단하소서, 그리고 심판하소서. 아멘.

하나님 아버지 아침부터 일찍 새벽부터 밥 먹고 쓰레기 버리고 대충 청소하고 씻고 다 어떻게 이 모든 게 오늘의 시작인데, 날씨가 점점 뜨거워지고 정말 오늘은 어제보다 더할 것 같은데 사람들은 속수무책입니다. 다 우리 하나님 아버지 하신 일입니다.

세상 육십 평생 넘게 살면서 이런 대환란은 처음 봅니다. 하나님 세상은 그동안 너무나 당신 앞에 득죄하고도 당신을 전혀 두려워하지 않았어도 제가 이 일에 대하여 참으로 증인입니다.

할렐루야, 누가 뭐래도 당신은 정녕 살아 계시는 만왕의 왕 전능하신 하나님 아버지이세요.

주여, 하나님, 나의 하나님. 온 인류의 죄를 구속하신 주 예수 그리스도만이 나의 구주시며 전능하신 주이십니다. 아멘, 할렐루야.

하나님, 하나님, 저 아무것도 몰라요.

더욱이 하나님께서 창조하신 사람 속은 더더욱 몰라요. 아버지 아버지 하나님밖에 없어요. 가족도 다 그래요. 하나님 사람은 언제든지 바뀌고 또 그건 절대로 안 변해요. 나 아무것도 몰라요. 그건 하나 알아요. 이제 곧 환란입니다. 그건 성경에 기독이에요. 하나님 절대 이건 불변이에요.

오늘도 하루가 벌써 오후가 다 되었어요. 금방 저녁이에요.

이 모든 걸 초월하는 아버지, 진짜 기적들은 다 소중한 일상 속에 다 있어요. 하나님, 할렐루야, 아멘.

아버지, 갑자기 보리가 짖어서 산책 나갔어요.

갑자기 마른하늘에 큰소리 천둥이 쳤어요. 내일, 내일이에요. 다 우리 아버지 하나님 하신 일이에요. 홀로 영광 주제이신 전능하신 주. 아멘, 아멘.

주여, 살아 계신 나의 왕, 나의 하나님. 오직 오직 주만이 나의 구원이요 반석이요 요새시니 내가 주께 숨었나이다. 아멘, 할렐루야, 아멘.

믿음은 주님의 정말 선물입니다. 주님의 은혜와 뜻이 아니면 절대로 믿을 수 없어요. 하나님 성경 말씀의 기록입니다. 믿을 사람은 믿지 말라 해도 믿어요.

주님의 뜻이 곧 은혜입니다. 할렐루야, 할렐루야, 아멘.


예수 예수 예수

오직 예수님

기도로 살아요

주신 기도 예수님

사랑 오직 예수 예수

하루하루

살아요 주와 같이

살아요

예수 예수 예수님


할렐루야 할렐루야

주님 예수 예수 할렐루야 아멘

할렐루야 할렐루야

# 엘리야의 기도

**1판 1쇄 발행** 2025년 02월 25일

**지은이** 이애리자

**교정** 신선미  **편집** 김다인  **마케팅·지원** 김혜지

**펴낸곳** (주)하움출판사  **펴낸이** 문현광

**이메일** haum1000@naver.com  **홈페이지** haum.kr
**블로그** blog.naver.com/haum1000  **인스타그램** @haum1007

**ISBN** 979-11-94276-90-6(03810)